U0116850

巅峰阅读文库
DIANFENG YUEDU WENKU
校园文学优酷悦读

# 计中计

伍维平 著

最原创故事

*Ji Zhong Ji*

天津人民出版社

**图书在版编目（CIP）数据**

计中计／伍维平著 . —天津：天津人民出版社，
2012. 1

（巅峰阅读文库 . 校园文学优酷悦读）

ISBN 978 - 7 - 201 - 07294 - 4

Ⅰ . ①计… Ⅱ . ①伍… Ⅲ . ①故事 - 作品集 - 中国 -
当代 Ⅳ . ①I247. 8

中国版本图书馆 CIP 数据核字（2011）第 246062 号

天津人民出版社出版

出版人：刘晓津

（天津市西康路 35 号　邮政编码：300051）

邮购部电话：（022）23332469

网址：http：//www. tjrmcbs. com. cn

电子信箱：tjrmchs@ 126. com

北京市凯鑫彩色印刷有限公司

2012 年 1 月第 1 版　2012 年 1 月第 1 次印刷

787×1092 毫米　16 开本　12 印张

字数：150 千字

定价：20. 00 元

# 序　言

　　关于故事的定义，词典自有其标准答案，坊间更是说法不一，但大都生动鲜活，有其道理。比如，"故事里的事是那昨天的事"。比如，"故事里有好人也有坏人，故事里有好事也有坏事；故事里有多少是是非非，故事里有多少非非是是；故事里的事说是就是不是也是，故事里的事说不是就不是是也不是"。"故事里的事也许是真实的事，故事里的事也许是从来没有的事；故事就是故事，故事还是故事。"

　　那么，故事到底来自哪里，我的想法很简单，故事就在奔腾不息的历史长河中，就在每个人的生活里。

　　中国是有历史的，更是有故事的。

　　中国不但有历史，而且历史悠久，源远流长；中国不但有故事，而且故事浩瀚，灿若星汉。几千年的人和事延绵不断地演绎下来，让我们对历史充满敬畏，也充满疑惑。我们无法知晓，古往今来，有多少曾经惊天动地的故事早已湮灭在岁月的尘埃里。仅就我们知道的，就已足够使我们品味一生而不能穷尽。

　　正是如此，逝去的时光里，那许许多多扑朔迷离、悬念丛生的故事让我十分着迷，我久久地浸沉其中而不能自拔，这些故事不但情节惊险复杂，而且过程艰难曲折，处处充满着悬疑，每一个故事中都蕴涵着值得当今人们思索和参考的经验及教训。缅怀历史，追思过去，我看到了暗夜中的魅影。于是，故事走进了我的文字。

　　本书由 30 余篇精彩故事组成，均在国内著名报刊发表过，受到读者好评。这些故事既有来自正史、野史和笔记等多种史籍，也有完全独立创作的篇目。书中每个故事结构完整，独立成章；情节山重水复，出奇制胜；文字通俗易懂，张弛有度。使人在轻松阅读之中，既能领略人世间的真善美、假恶丑，又能增长知识和智慧，具有较好的悬疑性、挑战性和可读性，是一本普通民众喜闻乐见的通俗性读物，希望大家喜欢，并提出宝贵意见和建议。

　　一个作品的诞生，一半来自作者，另一半则来自读者。阅读，即是对作品最好的再创造，想象力则是这种创造飞起来的翅膀。在透明无垠的四维空间里，任何想象都是合理的，也是可能的。故事是大家的事，是每个普通人的事。因为，我们都是有故事的人，心中都同样怀揣着无限美好的愿望，有声或无声地叙说人生，展望未来。

伍维平

# 目录

# 目录

第一辑　传奇人生

# 奶奶往事

奶奶还是姑娘的时候，县城里来了日本兵。

日本兵来了两个巴掌数，整十个，不多一个，也不少一个。虽然日本兵只来了十个，却把县城里的几千人镇住了。

那时候县城有四条街，笔直交叉，成十字状，每街有一门，分东、西、南、北四门。日本兵果然精明，将东、南、北三门用砖墙封死，仅留西门进出。日本兵端着上了刺刀的三八大盖在城门口站岗，每个从此进出的人都要出示"良民证"并接受他们的仔细盘查。每个被盘查的人都要回答很多奇怪的问题，有时同一个问题要回答上很多遍，日本兵一边还问一边搜身，他们搜身搜得格外仔细，搜了外衣搜内衣，搜了上身搜下身，连满身恶臭的叫花子都不放过。人们开始不明白，后来就明白了，原来这些日本兵问了又问查了又查就是在找女人。日本兵喜欢女人，日本兵总是管不住自己的下半身，每到一处都要疯狂地寻找女人，花姑娘当然喜欢，老妇亦可，从十岁到六十岁的女人都是他们的猎取对象。人们明白了日本兵的用意，就渐渐找到了对策，城外的女人干脆不进城，城内的女人干脆不出城，非要出城不可，就用灶灰抹脸、抹脖子，用稀泥糊头发、手背，或者干脆穿上男人衣服，扮成男人，与男人同行。

奶奶那时候就扮成男人跟在白脸哥哥后面，她想和哥哥逃出城去，逃到她早年已订婚的乡下夫家去。她要把自己嫁出去，嫁出去就安全了，反正逃到一个没有日本兵的地方去。她和哥哥以为出了

县城就不会有日本兵了。那时候奶奶父母早亡，她与哥哥相依为命。哥哥身材细长羸弱，像根豆芽，让人担心一掐就断；脸很白，像个书生，街坊邻居都称小白脸。奶奶却长得鲜活水灵，长辫子、大眼睛、瓜子脸，从小就是个美人胚子，没少让媒婆费口舌。父母死后，白脸哥哥接手了祖传的理发铺，奶奶则做些针线花红补贴家用。只等夫家择了黄道吉日，把自己娶过去了事。

白脸哥哥走在前头，日本兵见了把枪一横，厉声喝道："什么的干活？"

"出城的干活。"白脸哥哥慌忙点头哈腰地应答。

日本兵看着白脸哥哥的小白脸，有些犯嘀咕，径直上去摸了白脸哥哥一把脸子，"你叫什么名字？"

"小白脸。"白脸哥哥老实回答。

"你的脸为什么这样白？"日本兵皱着眉头，有些不相信地问。

"所以我叫小白脸。"白脸哥哥还是老实回答。

话音刚落，白脸哥哥的脸上吃了一巴掌，接着一把刺刀架在了他的脖子上。日本兵认为白脸哥哥在戏耍他们，所以极其恼怒，马上要动粗。跟在后面的奶奶哪里见过这般情景，吓得哇的一声大哭起来。日本兵听见奶奶的哭声，大喜，互相望了一眼，都笑了。他们放开白脸哥哥，朝奶奶走来，"花姑娘，好的好的，咪西咪西。"

一个日本兵一把抹掉奶奶脸上的灶灰，一张漂亮的脸蛋顿时露了出来。另一个日本兵狞笑着，张开双臂搂紧奶奶胡乱咬了几口，便将奶奶的身体扳倒，横放在墙根下。旁边几个日本兵眼里放光，一边解裤带一边围了上去。这一幕，把排着长队进城出城的人们惊呆了，都像傻子一般愣站着，没有一个人吭声。只有缩在一旁的白脸哥哥不甘沉默，声音高高低低地哭着喊着，脚步却是不曾挪动的。

那时候，红脸汉子站了出来。

红脸汉子挑着一担柴火进城，看样子是个打柴卖苦力的樵夫。

红脸汉子取下当挑柴扁担的棍棒，径直快步向前，一棒砸到正欲俯身行恶的日本兵脑壳上，那日本兵晃了两晃，像一只麻袋般地瘫倒在地。

"小日本，你们放开她，冲我来！"红脸汉子一手将棍棒立着，一手做放马过来的架势。

一场搏击就此发生。日本兵勒紧裤带，端着刺刀冲向红脸汉子。五个日本兵，围着红脸汉子展开厮杀。观众现在明白了，红脸汉子为什么挑柴火用棍棒不用扁担。可明白归明白，明白了还照旧做观众，并没有任何人前去做点什么。

红脸汉子果然了得，凭借一条棍棒，腾挪闪躲，声东击西，一下像猛虎，一下像猴子，手中棍棒如影随形，玩得出神入化，五个日本兵竟近身不得，还不时被左一棍右一棒击中。

"还不快跑？难道等死不成？……"有人忽然醒过神来，大呼大叫。观众们全是属兔子的，眨眼间跑了个精光，城门内外不见了一个人影。昏死过去的奶奶也被白脸哥哥背着逃出了城，直奔奶奶乡下的夫家而去。

白脸哥哥领着奶奶到了她的夫家，将奶奶交给夫家人后，不听挽留，执意告辞而去。第二天早上，有人在村外的一棵苦楝树上看到了白脸哥哥。白脸哥哥用一根麻绳吊死了自己，舌头伸出半尺长。

服丧刚过七日，夫家不肯等了，开始下帖子筹办婚礼。几日后，婚礼如期举行，一时间鼓鸣炮响，宾客如云。只有奶奶头上罩着大红婚纱，枯坐于洞房中，心如止水。

喜酒喝到一半，宾客兴致正是将尽未尽时，忽然有人大喊："日本人来了！快跑！"消息如风吹过，迅速传遍全村，吃喜酒的人跑得一个不剩，连夫家人也跑得不剩一个，仅奶奶一人蒙在鼓里。后来奶奶终于听出了蹊跷，出得门来拽住一个正往外跑的小偷，方知事情原委。

奶奶笑了，独自坐在夫家大门口，神情麻木，呆呆地望着远方，眼里除了迷茫还是迷茫。

一夜过去，日本兵并没有来，又过去一天，日本兵还是没有来。村人陆续回来，于是婚礼继续进行。哪知奶奶已经脱掉婚服，从后门溜走了。

奶奶化装成叫花子，四处打听红脸汉子的下落，想知道红脸汉子到底怎么样了。红脸汉子找不到，红脸汉子的故事却在全城传开了。许多目击者都说，那红脸汉子是共产党部队的侦察员，身手不凡，功夫了得，那日出手就打死一个日本兵，还打伤两个，自己未损一根毫毛，从容脱身。奶奶听了哈哈大笑，继续暗暗寻找红脸汉子。

一路寻下来，好几年没有结果，却在县城解放时被奶奶寻到了。率领部队攻打县城的营长正是红脸汉子，在解放县城庆祝大会上，奶奶一眼就认出了他。不久，营长被留在县城工作，营长成了县长。

有一天，奶奶大步走进红脸县长办公的泥砖房，指着红脸县长的鼻子大声说道："我要嫁给你！"

三天后举行婚礼，奶奶做了新娘子，丈夫正是红脸县长。一年后奶奶有了身孕，红脸县长丈夫却在一次剿匪战斗中为掩护战友牺牲了，遗体葬于县城外烈士陵园。

奶奶高寿，但终生未再嫁。奶奶每月都要去烈士陵园，在红脸丈夫墓前走走看看，说一些别人听不懂的疯话。奶奶对红脸丈夫的话永远说不完。

临死前，奶奶嘱咐后人一定要把她埋在烈士陵园旁边。奶奶对守候在床前的子孙们说："有他在，我死也闭眼了。"

# 拳王拳事

## 巧遇女同学

天很冷，风也很硬，杜阿里在寒冷的清早走进圆圆包子店，要了四个韭菜鲜肉包和一碗免费猪筒骨葱花汤。

三口两口吃完，半饥半饱的，杜阿里咽了口口水，拿了破麻袋刚要出去，却跟鲁依姿打了一个照面。两人对望着，大眼瞪小眼，有些莫名其妙的吃惊，都没有想到会在这种地方见面。杜阿里看得出，鲁依姿就在圆圆包子店做事。说起来，鲁依姿跟他邻村，又是他高中的同班同学，所以感情上比别的同学显得亲近一些。杜阿里不像鲁依姿，家里穷是穷点，一日三餐还能正常吃上，不至于饿得老打红薯屁。鲁依姿就不行了，奶奶八十多了，瞎眼跛脚的饭量倒挺大；父亲爱酒，有一日多喝了两杯，开着"手拖"去拉砖，结果车毁人亡。父亲一死，家里全靠鲁依姿母亲一个人在那一亩二分田里头累，日子哪里能够过得像点儿样子，不要说供鲁依姿和她弟弟上学，吃饭都成了天大的问题。这样一来，鲁依姿便退了学，跟着村里人外出打工挣钱，养家糊口了。

天知道怎么回事，鲁依姿走了以后，杜阿里经常看着鲁依姿空出的座位发呆犯傻，以致严重影响了他的学习成绩，后来的高考自然是名落孙山了。他以为，鲁依姿姿色相当好，丰满诱人，到了城里不去做小姐挣大钱才怪呢。他做梦都没有想到，鲁依姿会在这里做事，打洗碗刷碟的小工，却不用自己天生的资本去轻松快活地挣钱。

鲁依姿美丽的脸上却没有一点不好意思，她解下围裙，给杜阿里让了座，自己也挨着他坐下了，自自然然地说着话。说着说着，很快就知道了杜阿里打算马上回去，回去种田、卖菜、砍柴，过老实又安静的穷日子。鲁依姿知道了杜阿里的想法后，嗤嗤地笑了。杜阿里看到鲁依姿笑成了一朵花，脸立即红了，腼腆得像个不谙世事的小阿哥。他不明白鲁依姿在笑什么，有什么值得好笑的，所以只好陪着她笑，干笑。鲁依姿笑过之后，不笑了。不笑了的鲁依姿脸上显得有点认真，还有点严肃。鲁依姿用认真严肃的表情告诉杜阿里，她鲁依姿不同意他杜阿里返回家乡。杜阿里乍一听，还以为自己的耳朵出了毛病，直到她说了第二遍，他才相信她说的是真话。这样他有点犯嘀咕了：你鲁依姿就是你鲁依姿啊，又不是我的妈，又不是我的女朋友，干吗不让我回去啊。我不回去，你养活我啊。当然，这想法只闷在杜阿里的肚子里，说不出口。

这鲁依姿倒真是八面玲珑、冰雪聪明，她好像是杜阿里肚子里的蛔虫，把杜阿里看得一清二楚。她告诉杜阿里，她同意太生的讲法，人活一张脸，夹着尾巴灰溜溜地回家，枉费了一条汉子，不羞死人才怪呢。别人到了城里来，能挣钱，能养活自己，你杜阿里不聋不哑，也不缺胳膊少腿，为什么不能。再说了，农村人到城里打工，挣城里人的钱，受气在所难免，你挣了城里人的钱，难道还要别人给你赔笑脸不成。鲁依姿说着说着，情绪渐渐激动起来，脸蛋爬上了一些红晕，丰满挺拔的胸脯起起伏伏，多少有点恨铁不成钢的意思。她似乎忘记了自己只是一个包子店里打下手的小工，豪情万丈得很，慷慨激昂得很，把在那边卖票的老板娘圆圆也给逗笑了。

结果可想而知，杜阿里被鲁依姿擒获了。说实话，他才不相信鲁依姿的这番鬼话呢，他只是觉得鲁依姿白费了这些口水，不想当场扫她的兴罢了。他之所以肯留下来，一半是为了不蒸包子争口气，弄上几个小钱，回去也有脸面，好说话；另外一半是他觉得既然人家一个女孩子都这么仗义，他不能对不起人家。他答应了鲁依姿，鲁依姿则马上为他找到了一个工作。

杜阿里回到了太生那里，把破麻袋扔到床下。太生看到他吃了回头草，嘲笑了几句，去外面找活干了。杜阿里躺在床上，想睡睡不着，观赏了一会儿房顶蜘蛛结网的过程后，便出去到街上，用鲁依姿借给他的钱买了一辆平板手推车和一套食品卫生服，回到住处，留下两个包子给太生，吃掉另外的两个，喝了一口自来水，蒙着头一觉睡到了天亮。

## 外卖包子工

天亮以后，杜阿里做了圆圆包子店的外卖工。由于鲁依姿的推荐和担保，杜阿里少交了一些押金，而要交的这一部分，也是鲁依姿代他垫上的。每天早上推着手推车，去圆圆包子店批发二百个包子，每个包子零售四毛钱，他拿一毛钱，如果一天内能够卖完这二百个，可以挣二十块钱。但要是卖不完的话，他只能自认倒霉，圆圆包子店的老板娘圆圆是不接受退货的，如果交来的钱款数不够，老板娘圆圆会从押金里相应扣除，绝对不会吃亏的。比如，鲁依姿语重心长地教导他，你批发了二百个包子，只卖掉了一百个，但老板娘圆圆还是要收二百个包子钱的。那剩下的一百个怎么办？杜阿里就弄不明白了，他根本没有做生意的经历，哪里懂得这里头的弯巧。怎么办？鲁依姿说，不怎么办！或者随你怎么办，拿去喂猪、送人、自己吃掉，都行，反正不关老板娘圆圆屁事。所以，鲁依姿总结道，卖包子也是有学问的嘛，弄不好，先别说赚钱，连老本都要赔光。

鲁依姿后面的这句话很快在杜阿里身上得到了应验。第一天，他卖了一百零几个包子；第二天，业绩稍好，销了将近一百五十个；

第三天，才九十多个；第四天、第五天更少……照这样的速度，不用过多久，鲁依姿为他垫上的几百元就会折个精光，他身上穿的短裤恐怕也要被当了，怕就怕没有人要。看到这种情况，杜阿里着急了，晚上将鲁依姿约了出来，要她拿个主意，是继续，还是洗手不干。杜阿里说，他和太生住的小屋已经堆了半边墙，他一日三餐吃包子，自然不足为外人道也，整天有白面包子吃，好是好，就是消受不了。不过，他的这种做法还是很受太生和老鼠们的欢迎的，太生以前经常饱一顿饥一顿的，现在好了，吃饭问题解决了，太生吃饭不用一分钱就解决了一日三餐，白天吃，晚上吃，想什么时候吃就什么时候吃，半夜醒来饿了，伸手就来吃的，美死了一个太生。太生已经吃得又白又胖，像一头好吃懒做的肥猪了。老鼠也像赶集赶场一般，到了夜里，那小屋就是周围五里地老鼠们的天堂。鲁依姿听着杜阿里说话，明显的心不在焉却又装出一副专心致志的样子。他们站在一根灯柱旁边，他们身体的阴影被灯柱的阴影所覆盖，旁边影视厅一阵含混不清的对话声传出来，把鲁依姿的心绪弄得很乱。她知道杜阿里没有钱，一穷二白，请不起她吃哪怕一杯热果露，但也不能请她来路边喝上这老半天小北风啊。这时候，她觉得杜阿里很傻，是天底下排得上号的大傻帽儿。可是，她喜欢他什么呢？不正是这么一些憨和傻的本色吗？女人是水做的，她是女人，她是水做的，她心软了。

　　杜阿里和鲁依姿漫无目的地在灯火通明的大街上走着，一直不停地走着。两人中间的距离至少有两米，这使得他们之间的关系显得有些可疑，既不像普通的男女朋友，更不像一对小情人。不过，杜阿里和鲁依姿农村人淳朴与诚实的本色，他们对城市与生俱来的敬畏和规避，一看就知道他们是刚刚来到城里打工谋生的小青年。这样的人，城里人自然不会拿正眼看的。所以，他们走在大街上好像是休闲漫步，其实是驱寒取暖。他们生活在这个城市，却好像距离这个城市的核心很远很远。大多数情况下，城里人轻而易举的事情，却是他们终生奋斗的目标。

走到夜市排档的旁边，鲁依姿不走了。鲁依姿说，我好冷，还困，你杜阿里，请我吃一碗酸辣米粉，啊？杜阿里有点不相信地望了一眼鲁依姿，搔了搔后脑勺说，请你吃米粉？你在笑话我，你知道的，我身上没有钱，身无分文。鲁依姿把十块钱塞到他手里，笑道，现在，你可以请我了。杜阿里也笑了，灯光下那一丝惨白的苦笑，像牙疼一般。

吃过酸辣米粉，到了路口，分手时杜阿里问鲁依姿，这包子，到底是卖还是不卖了？卖，当然要卖，鲁依姿说，卖是亏，不卖是亏，干脆要亏亏到底，免得以后后悔，大不了这一年多打工的钱交了学费。杜阿里傻乎乎地问，鲁依姿，你为什么对我这么好？你说呢，鲁依姿偏着头反问他。杜阿里老实回答，我不知道，真的不知道，要知道就不会问你了。鲁依姿又笑了，杜阿里，你真笨，不是一般的笨。鲁依姿站定在高大的杜阿里面前，仰起一张亮如银盘似的圆脸，望着杜阿里说，你数一数，我盯着你看了多长时间。之后，她问杜阿里，多久？一分五秒。你知道了为什么吗？不知道。那你去问问别人吧，就问问跟你同屋的太生，他也许知道。说完，鲁依姿一个人走了。

## 拳术露锋芒

回到租住的小屋，太生正软塌塌地靠在墙边吃着冷包子。他一身沾满了灰浆，头上也是白花花一片，活生生的白头翁一个。太生嘴里嚼着东西，眼睛却是紧闭着的，累得半条命是差不多搭上了。杜阿里关上门，一脚过去，赶走了与太生共进晚餐的一群老鼠，一头倒在床上，不管三七二十一，先拿太生说事。说的就是刚才与鲁

依姿那点屁儿事。

杜阿里说，太生，我问你，一个人眼盯着另一个人看了一分五秒，这是什么意思？太生虽然是个头脑简单、四肢发达的家伙，天生一个牛马命，但太生说话特别精辟，有点石成金的效果，经常让饱读诗书的臭文人也大跌眼镜。太生一口包子含在嘴里，睁了一下眼又重新闭上，说出的话有点大舌根，什么意思？你说什么意思？唉，拿人的手软，吃人的嘴软，杜阿里，我欠你的，告诉你吧，要是一个人盯着你看上二十秒钟，这人不是仇人就是情人。我说，杜阿里，你站在街头卖包子，老吊着一张马脸，好像别人欠你的钱还你老糠似的，看着你先烦了一半，能买你的包子吗，能不亏本吗。你根本不是卖包子的材料，心比天高，命比纸薄，还想卖包子发大财，呸，你明天还是跟我挑砖砌墙倒梁子，苦力地干活。要不，你就买一双白皮鞋，到国际大饭店门口一站，当鸭子去吧。

太生抬头看到杜阿里早已一脸舒展开来，睡死过去了，踹了他一脚，也倒头睡了。其实，杜阿里并没有睡着，他在想事儿。他没有心思想鲁依姿，想被人看了一分五秒的问题，他只想如何卖掉包子，弄碗饭吃，活下去。这当然是个生死存亡的大问题，应该想，值得想，不想也得想，想不想都难，于是，杜阿里使劲地想，最后想得头昏脑涨，满嘴苦涩，却不见一点儿眉目，只有真的睡着了。

第二天清晨，太生刚出去，杜阿里也起床了。一个鲤鱼打挺，有了主意。这天早上，杜阿里卖包子的手推车的横杆上挂了一张硬纸片，上面写着毛笔大楷："划拳卖包子：请您与我划一拳，您赢了，我送您一个包子；我赢了，您买我一个包子。"

果然不出所料，观者如云，买的人也不在少数，大家都图找个乐子，哪里在乎几个买包子的小钱啊。所以呢，杜阿里凭着娴熟的划拳技巧，轻而易举地赢了绝大部分的人，第一次靠卖包子赚了钱。第二天同样以划拳的办法又赚了几乎同样多的钱。

第三天早上，买包子的第一个人是个中学生模样的男孩子，男孩子买了两个包子，将其中一个包子塞进嘴里的时候，才发现那张硬纸片。男孩子认真地看了一眼，然后又看了一眼，笑着走了，杜阿里听到男孩子说，我今天知道写什么作文了。第二个顾客是个老太婆，她每天晨练回家路过杜阿里的包子摊，都要买上四个包子，杜阿里猜大约是顺路给自己和老伴带早点回去。老太婆看到杜阿里的摊车前挂了一块纸片，有些好奇，就近瞅了有一分半钟，才抬起一张挂满了问号的脸，小伙子，你这包子，还卖不卖？卖，当然卖，我的包子就是卖的，您老不是每天早上都买来着吗？老太婆不高兴了，小伙子，这用不着你来告诉我，我要弄明白的是，你是不是喜欢赌博？我不用你回答，我敢肯定，你是一个赌徒。说完，老太婆摇头晃脑地走了。现在，终于来了一个彻头彻尾的同辈小青年。小青年看了硬纸片上面的字后，大喜过望，问，真的？你在划拳卖包子吗？来一拳，如何？以拳会友嘛，杜阿里笑道。小青年立即放马过来，来就来啦，哥俩好啊，四季财啊，六六顺啊，啊，输了，小青年自言自语道。再划三拳，又输了。小青年掏钱买了四个包子后，想再来，说是输一拳买两个包子。杜阿里不允，说最多只能划四拳，因为一般人最多吃四个包子，再多划，就真成了赌博了。小青年满腔仇恨地盯了杜阿里一眼，说，你等着，你等着。小年轻转身一溜烟儿跑掉了。

接下来，陆续来了一些人，有参与划拳游戏的，有不划拳直接买包子的，不过大家都觉得挺稀奇的。在参与划拳人的游戏中，杜阿里当然有输有赢，但输得极少，所以还是跟前两天一样，还是很划算的，卖包子的速度也很快。才一个钟头左右，包子已经几乎卖掉了一半。看到形势一片大好，杜阿里不禁喜形于色起来。

## 诺言见真情

忙过一阵后，杜阿里眼角的余光终于注意到了站在十米开外的一个人。他扭头过去，很认真地看了那人一眼。那是一个年龄约莫四十来岁的汉子，高个，瘦条，刀疤脸，眼光执著而冷酷，一副咄咄逼人的模样。杜阿里看着那汉子，觉得酷似某部电影中的一个人物，阴冷又歹毒，冬天里的一阵小北风呼啸而来，使他接连打了两个冷摆子。不久，那汉子在他的暗暗担心下走了过来，走过来的汉子站定在杜阿里面前，面无表情地说，放马过来！说话间汉子已经伸出了一个拳头，杜阿里见状，只得仓皇出招。

几招下来，杜阿里就有点懵了。行家一出手，就知有没有。杜阿里一出手，就知对方有，而且不是一般的有，是特别的有，大大的有。对方神态淡然，进退自如，看似平淡无奇，却是既狠又准，招招击中命脉，搞得杜阿里只有挨打的份儿，几乎没有还手之力。在围观者的惊叹声里，杜阿里的大半筐包子很快输了个精光。汉子与刚才那个小年轻抬着那大半筐包子走了。

杜阿里目送着汉子和小年轻远去，傻了。围观的人群中有人告诉他，那汉子姓胡，绰号胡一拳，又称"拳台杀手"，醉泉酒楼老板，本市有名的划拳高手，很多人都栽在他那五个细长的手指下，吃过哑巴亏，你小子在胡一拳酒楼对面跟他叫板，不是找死么。杜阿里笑了笑，没有出声。

次日早上，杜阿里干脆把包子摊摆到胡一拳的醉泉酒楼门口，不久，胡一拳便闻讯而出。胡一拳并不多话，伸出拳头，又开五指，口中说道，你我一拳定胜负，如何？杜阿里问，这话怎讲？胡一拳答，要是我赢了，包子全部归我；要是我输了，我就如数买下你的包子，敢不敢？杜阿里立马以拳头代替了语言，只一秒钟工夫，包子果然全归了胡一拳，然后被伙计抬进店里，不见了。胡一拳也不言语，一声干笑，进店去了。

当杜阿里在又一个早上把他的摊位摆到醉泉酒楼门口时，胡一拳几乎同时出来了。胡一拳冲杜阿里打了一个拱手，说，小子，我佩服你的精神，也喜欢你的个性，我们干脆来个痛快，这一次，我赢了，请你今后永远不要在我的门口卖包子；我输了，我将醉泉酒楼送给你——放马过来！

可是，这一回，胡一拳输了。在场的几个酒楼员工都吓着了，你望望我，我望望你，都张口结舌，惊讶得说不出话来。倒是胡一拳镇定若常，一声爽笑，便拱手相让，请，老板，里面请。杜阿里只觉一阵乱眼昏花，脑子里千头万绪全是麻，好久才回过神来，百般推辞。杜阿里说，胡老板，我不是这个意思，我怎么能凭空得你一座酒楼呢。说老实话，我并不是来向你挑战，我只是想跟你学一学划拳的绝招，回去好弄碗饭吃，活下去。不管胡一拳嘴巴讲出血，杜阿里就是不肯应允。闹了半天，最后杜阿里说，要是胡老板真看得起我，就给我个事情做嘛，做什么都可以。这回胡一拳倒痛快，立马答应了。先管餐厅，再管厨房。这样做了一个月后，杜阿里已做到了主管。

做上主管的这天晚上，鲁依姿把他约至另外一家饭店的包厢里，摆了一桌。同来的还有鲁依姿的几个小姐妹，她们唧唧喳喳地说着，却冲杜阿里诡秘地笑了又笑，杜阿里不知就里，也跟着呵呵傻笑。鲁依姿点了很多的菜，还要了白酒，杜阿里觉得有些奇怪，他知道鲁依姿不喝白酒，鲁依姿也知道他不喝白酒，上白酒谁喝啊。鲁依姿好像明白了他的想法，开了酒，倒进一个空碗里，用一只七钱小杯作了量具。然后伸出一只手，要跟杜阿里较量一番。杜阿里大惊失色，忙问鲁依姿是何时学会划拳的，因为这通常是男人做的游戏。鲁依姿没有回答杜阿里的问题，却说知道杜阿里是如何

学得这个助酒兴的绝招的,杜阿里听了才恍然大悟。原来,读高中时,杜阿里住的学生宿舍窗户外面就是一处大排档,每天晚上都热闹非凡,食客不断,划拳喊骂声不绝于耳,闹得学生夜不成寐,严重影响了学生正常的学习和生活秩序。校方也向有关部门反映过,但收效甚微,几乎没有什么作用。有一天深夜,熄灯铃声响了很久以后,下面大排档的划拳声仍然一浪高过一浪,搞得学生根本无法入睡,但无人敢站出来说句话。后来,杜阿里终于挺身而出,不知他从哪里弄来一只电喇叭,对着楼下大喊,哪个再划拳,全家死绝!此话一出,楼下的大排档一片哗然,吵吵嚷嚷了好一阵子,下面有人说不划拳可以,但要先喊赢他们,让他们口服心才服。杜阿里如同吃了豹子胆,爬出二楼窗户顺着排水管哧溜一声到了地上,单枪匹马杀向敌阵。这时候,全校内宿生都醒来了,男女生宿舍的每个窗口全是脑袋。人们的担心没有变成现实,杜阿里划出的拳有如神助,每拳必赢,不到半个钟头,杜阿里竟把几个地痞小流氓杀得丢盔弃甲,醉了一地。整个宿舍区欢声雷动,称杜阿里为"拳王"并山呼"万岁"。事后,大家问杜阿里是怎样把拳划得如此出神入化的,杜阿里竟茫然不知,因为他从来也没有学过划拳。有人说是潜移默化,有人说是无师自通,也有人说是天生怪才,反正,杜阿里毫无争议地成为了拳王。鲁依姿就是在这个时候才眼睛一亮,注意到了杜阿里的存在,越是注意便越是发觉了杜阿里的可爱,发觉了杜阿里的可爱之处以后,鲁依姿就动芳心了。心动不如行动,但鲁依姿还来不及行动,家里的变故便使她辍了学,早早地走上了自己谋生的道路。杜阿里已经察觉了鲁依姿的心态,然而鲁依姿的辍学狠狠地击打了他一下,他没有考上大学,然后这一切似乎都结束了。

## 划拳如人生

然而，似乎这结束其实是另一个开始。鲁依姿伸出一只手，说，划五十拳定胜负，怎么样？杜阿里表示同意，问赌什么，是不是就赌酒。鲁依姿说除了赌酒以外，还赌人，见杜阿里听不明白，又说先划拳后解释。杜阿里暗暗得意，量你一条小鱼也翻不了大浪，难道怕你一个女孩子不成，于是同意划了拳再说。几个女孩儿作为证人和裁判，杜阿里和鲁依姿各自伸了自己的拳头，比赛开始了。结果当然用不着质疑，杜阿里先礼让三拳，接着一口气赢了四十七拳，把个美女鲁依姿喝得面如桃花，两眼却是有些翻白，只差趴下了。即使如此，鲁依姿醉眼蒙眬中仍然不忘记放射出一万分的柔情蜜意，杜阿里，阿里，你赢了拳，我赢了酒，都没有输。但是，最终是你输了。我输了什么？杜阿里得意地反问着。鲁依姿说，你输了人，你把你自己输给了我。这话怎么讲？杜阿里问。怎么讲？这回鲁依姿倒是面露得意之色，我的意思是，你赢了拳你娶我，我输了拳我嫁给你。旁边那几个女孩儿一律使劲起哄，纷纷向二人敬起了爱情酒。鲁依姿接过姐妹敬来的酒，一口喝了个底朝天，然后飞了凤眼看杜阿里。杜阿里呢，正是蚂蚁掉进蜜缸里头，巴不得啊，天上掉下个林妹妹，真是他杜阿里天大的造化，这酒不喝，喝什么酒！杜阿里痛快淋漓地一干到底。女孩们都鼓掌，庆贺她们的阴谋得逞。

两个月后，杜阿里被胡一拳任命为醉泉酒楼经理。再两月后的一天晚上，杜阿里约了胡一拳说话，表示要辞职离开醉泉酒楼。胡一拳说，上次我早已经把酒楼输给了你，你可是要认账的。那是赌气的、开玩笑的，杜阿里说。你是赌气的、开玩笑的，但我不是赌气的、开玩笑的。俗话说，划拳如人生，划拳划得好的人需要用心，

先讲一个德字，再讲一个义字，德义相随，情理并重，言必信，行必果，乃一顶天立地真男子的秉性。说着，胡一拳已是满脸老泪纵横。杜阿里对胡一拳抱拳作揖，深表感谢。杜阿里说，胡先生说得好，正因为这样，我更不能要。我有一双健全的手，这双手能划拳，也能挣钱，用自己的手养活自己最是踏实。胡先生，这就告辞了，我的包子店开张的时候，你可一定要去啊。

　　杜阿里和鲁依姿的包子店开张那天，门脸儿果然挂了胡一拳送的一副对联："拳走东西南北广结天下友朋，心随春夏秋冬当晓世间冷暖。"横批是："情义无价。"

# 天价钻石

龚开梦是个富商，业余爱好收藏，大凡中意一件古玩珍宝，都要想方设法弄到手，哪怕一掷千金也在所不惜。要是得不到，他会寝食难安，心神不宁，人一天天消瘦下去，干什么都无精打采。

眼下龚开梦就遇到了这么一档子事。说来凑巧，他看上了朋友赵单羽的一颗钻石，而赵单羽可是个功底深厚、精明过人的老玩家，要想从他手中弄来东西，无异于虎口夺食，几乎是不可能的事。于是龚开梦久思成疾，整天病恹恹的样子，谁问他都不说，他又不敢说出口。

在龚开梦眼里，那颗钻石的确是个好东西，他刚一见到眼珠子就差点掉了出来，从此在他脑子里落地生根，挥之不去。

钻石来自美国，是洋女婿送给赵单羽的生日贺礼，众人在寿宴上见到时，纷纷发出一阵惊呼，"哇噻！好家伙，盖了帽了！""个儿大呀，怕是跟英国女王皇冠上的那颗有得比！"待酒过三巡，赵单羽将装着钻石的匣子高举头顶，大声宣布道："这颗南非真钻重一百零八克拉，目前在世界上排名第七，据保守估计，最少价值一千六百万美元！"众人齐声高呼，以酒为贺，至于那颗钻石是否排名世界第七，是否真价值那许多，也就没有人去计较了，不过是助酒兴的彩头而已。

只有龚开梦尤其在意，酒未喝完就拔腿走人，他是怕失态出丑。闷头想了半月，一点招数也没有，最后只有厚着脸皮硬着头找

到赵单羽，开门见山地讨要宝物："老赵，看在多年好友的份儿上，把你的钻石让给我，一千六百万美元我拿不出，除了那个价，你随便说个数。"

"好啊，那就一千五百九十九万美元，怎么样？"赵单羽嘿嘿一笑，"开个玩笑，其实那是一块不值钱的锆石，最多值三百块钱人民币，你要来有什么用？"

"我没有心思跟你开玩笑，我是说真的。"

"我不管你蒸（真）的还是煮的，反正我不卖。别的好说，这东西不能卖。"赵单羽起身送客，"女婿不远万里送来的生日礼物，不管它值钱不值钱，就是一根针也不能卖，我丢不起这个脸。你一个叱咤风云的大富商，想要什么来什么，干吗死盯着这么个小玩意啊？"

回到家里，龚开梦羞愧难当，一病不起，赵单羽那番刻薄话像刀子般时刻剜着他的心，吃药打针都无济于事，这反而激起了他不达目的决不罢休的犟脾气。

过了一段时间，龚开梦动起了歪脑筋，决定一不做二不休，明的不行来暗的，软的不行来硬的，干脆动了偷的念头。主意既定，龚开梦托人找来一个神偷，以一万元作为酬劳盗取钻石，神偷爽快地答应了。几天后，神偷果然打来电话，说钻石已到手，但要酬金十万元，否则他自己拿出去卖一百万都不止。这一竹杠敲得龚开梦有点牙疼，但事到如今，也只有打落牙齿往肚里吞了，忍痛割肉如数付给神偷十万元，唯一的要求是让神偷远走高飞，神偷答应了，离开了这座城市。

虽然过程有点麻烦，但梦寐以求的钻石终于到手。开始龚开梦以为赵单羽肯定会向警方报案，但等了一个多月也未获悉报案消息，几次借故前去赵家打探，赵单羽言行并无异常，只字不提钻石失窃一事，好像那钻石从来不曾存在一般，弄得龚开梦一头雾水。

然而，不久他就释然了，这不正是他出售钻石的大好时机吗。

于是，龚开梦悄悄四下托人找买主，还在国外的拍卖网站挂照片发信息，准备狠狠地赚上一笔。

不久，从法国传来消息，一个匿名收藏家有意收购他手里的钻石，并全权委托一个华人跟他接洽，具体商量有关收购事宜。龚开梦得到这个消息十分高兴，很快与名叫刘中舟的中间人接上了头。刘中舟在越洋电话里说，买家是法国著名的实业家，身价数亿，最近想给夫人买件生日礼物，无意中在网站上看到龚开梦打算售卖的钻石，很感兴趣，如果价钱合适的话买下应不成问题，不过卖方必须出具真实有效的权威机构鉴定证明。

这事让龚开梦犯了难，偷来的东西怎么能拿出去公开鉴定呢，这不是自投罗网吗？龚开梦思前想后，还是决定用钱开路，有钱能使鬼推磨，不愁开不出鉴定证明。

他找到一个名叫魏成贵的朋友，说有人委托他找人请权威机构鉴定一颗钻石的真伪，出具鉴定证明，魏成贵是神通广大的掮客，吃的就是这碗饭，一听此事觉得有利可图，立即满口答应下来，说一个星期内帮他搞掂。二人一拍即合，随即签了协议。协议约定，钻石鉴定费按百分之一收取，价值越高收费越高，另收取十万元委托费。

龚开梦将钻石交给魏成贵后，心便悬着，像十五个吊桶打水——七上八下，怕那钻石是肉包子打狗一去不回。正在提心吊胆时，魏成贵却很守信用，给他打来电话，说鉴定已毕，钻石确为南非一流真钻，价值人民币九百万元。"恭喜发财！恭喜发财！"然后魏成贵话锋一转，说到了正题，"兄弟，桥归桥，路归路，我们按协议办事，你交九十万元鉴定费和十万元委托费，我交给你钻石，我们钱货两清，皆大欢喜。当然，如果你觉得不划算也可以不交，那钻石归我，这样我就有两条路可选，一是拿去交易以补偿鉴定

费和委托费，二是拿着这颗你偷来的钻石去报警，那样一来，后果你是可想而知的。"

龚开梦又气又急，但又不便发作，只得忍痛咽气与魏成贵完成了交易。钻石尚未卖出，先被敲了两笔，一百多万哪，白花花的银子流出去让他心如刀绞。最近全球闹金融风暴，房地产市场一落千丈，他的大量资金压在囤积的楼盘上，银行信贷要还，材料款要付，工程款要结，千头万绪归结为一个"钱"字，现在又稀里糊涂地被人弄去一笔巨款，要是不能尽快售出钻石，他离破产的日子也就不远了。

现在唯一的出路是卖掉钻石，回笼资金，于是他加快了与刘中舟的联系频率。刘中舟收到他发去的钻石鉴定证书传真件后，很快回电说，买主看了很满意，委托他十天后到中国来跟龚开梦直接面谈。龚开梦得到这个消息，暗暗松了一口气，心想总算有盼头了，然后便是焦急的等待。

好容易捱到第十天上午，龚开梦果然接到刘中舟打来的电话。刘中舟说："我住在凤凰宾馆一号房，请你马上带钻石过来验货！"

"好，我马上带货过去！"放下电话，龚开梦感叹道，真是大手笔，一来就住进凤凰宾馆一号房，那可是总统套间哟，到底是大老板，果然不同凡响。

在总统套间里，龚开梦见到的刘中舟是个身材高大、气宇轩昂的青年人，表情客气而冷淡，满口的"粤语普通话"还夹杂着零散的英语单词，显然是个已经国际化了的外籍华人。

两人坐下来谈判，刘中舟拿出一个放大镜，对着放在桌上的钻石看了老半天，然后撂下放大镜，背靠沙发连抽三支烟，把旁边的龚开梦看得心里直发毛，最后才壮了胆子小声问道："怎么样？东西还好吧？"

"还不错，说个价吧。"

龚开梦把鉴定书推过去，"上面说九百万呢。"

"你还真是一根筋啊，值九百万，就卖九百万，把我当傻瓜糊弄啊。"刘中舟把钻石和鉴定书推过去，"你拿回去，这单生意不做了。"

"有话好说，这不跟你商量嘛。这样吧，你说个价，看看合适不？"

刘中舟伸出两只巴掌，弯了一个指头，"四百五十万。"

龚开梦吓了一跳，"那哪行啊，最少得八百万。"

"那你去找肯花八百万的冤大头好了，这里没有！"刘中舟摆手让他走。

"你也看出了，这是好东西，全世界也没几块儿，要不是我缺钱，不会这么轻易出手的。这样好不好，各退一步，七百万，如何？"

"好，你爽快，我也痛快，一口价，五百五十万。"

"成交！"龚开梦知道说下去也白搭，弄不好人家一拍屁股走人，到时候鸡飞蛋打，那可是得不偿失的。

但刘中舟提出要去广州交易，理由是货款数额巨大，不可能用现金结账，只能走转账渠道，不过从国外转账过来手续费很高，如到广州转账，他有熟人帮忙，可以免除这笔费用。龚开梦一听也有道理，便同意了。

二人即刻便驱车前往，赶到广州已是深夜。刘中舟说："银行已经下班，我们何不先住下，明天再办事。"龚开梦说："好！"于是找了家五星级宾馆开了两间房住下。

龚开梦洗完澡，正打算上床睡觉，刘中舟却从隔壁打来电话，要他马上过去，有事商量。龚开梦不敢怠慢，赶紧穿好衣服过去，却见刘中舟正跷着二郎腿坐在沙发上，旁边的茶几上摆着两杯热气腾腾的咖啡。

"先喝杯咖啡，解解乏，然后去楼下餐厅吃点东西，回来睡个安稳觉，明天早上就把事办了。"说着刘中舟拿起面前的咖啡呷了一口。

龚开梦正好口渴，想都没想就拿起咖啡一饮而尽，坐下刚跟刘中舟说了几句话，一阵倦意袭来，眼前的一切变得朦胧不清，刘中舟的面容也渐去渐远，他打了一个长长的哈欠，靠在沙发上沉睡过去。

一觉醒来，睁开眼时，天已大亮，龚开梦抬起重如泰山的脑袋，四下一看，刘中舟早已没了踪影，摇摇晃晃回到自己那间客房，钻石已然被席卷而去。他大喊一声："我的钻石！抓贼！"打开房门一路跌撞地往楼下冲去，不料一脚踏空，人像只冬瓜一样滚下楼梯……

龚开梦醒来时，发现自己已经躺在医院，全身缠着绷带，下身左边空荡荡的，一条腿没了。还有警察也在旁边守着，原来宾馆方面已经报了案。

面对警察的询问，龚开梦声泪俱下，将钻石一事的前前后后和盘托出。出院后，鉴于龚开梦认罪态度较好及自身被侵害等因素，仅对他作刑事拘留及罚款的从轻处理。

不久，根据龚开梦提供的线索，此案成功告破，相关嫌犯一一落网，钻石归还物主赵单羽。蹊跷得很，刘中舟在逃跑过程中跳楼摔断的是一条右腿，截掉了；而刘中舟不过是一个羽毛未丰的小骗子，跟龚开梦一样看走了眼，栽了。魏成贵的一纸钻石鉴定证明不过是花一百五十块钱在地摊请人做的，诈骗来的一百万早在赌场输光了。神偷则是由另案牵出，所获钱财也悉数散落在酒吧、暗娼和高档消费，不剩分文。另外，经权威机构鉴定，那颗钻石实为锆石，经济价值不超过三百元人民币，在一些人造钻石加工厂里，这类锆石是以公斤出售的。

　　钻石一案传出，即被坊间引为笑谈，龚开梦羞愧难当，几欲寻死。正在这时，赵单羽前来登门拜访。刚一落座，龚开梦就迫不及待地问道："听说你女婿是美国一个大公司的总裁，怎么会给你送一个不值钱的仿钻作为生日礼物呢？"

　　"哈哈，"赵单羽笑道，"外行了吧，其实这是西方人的习惯，送礼就是送情意，不是送钱，所谓礼轻情意重嘛。"

　　"惭愧！当时你一定知道是我偷了钻石，但你为什么不报警呢？"

　　"与人为善，善莫大焉，既然你是真喜欢，拿去就拿去了罢，虽然有点不仁不义，但我哪里知道你会闹出这么大动静啊。"赵单羽拿出钻石，连同盒子递到龚开梦手里，"君子爱财，取之有道，拿着这块石头，留个纪念，也留个教训吧！"

　　龚开梦接过钻石，已是泪流满面。

　　从此，每当龚开梦一瘸一拐地走到陈列柜前拿起那颗钻石，就会想起一个叫刘中舟的瘸子。

# 一个小职员的梦

　　您知道，我是一名无足轻重的小职员。走在大街小巷中，我这个人就像一只蚂蚁在浩瀚的森林里爬行，没有谁会注意我的存在。

　　不过，我跟您说实话，我是个有点儿理想抱负的人，我有升官发财、光宗耀祖的良好愿望，希望能尽快过上一种风光体面的生活，虽然这种生活看上去似乎没有什么希望，倒更像是画饼充饥。

　　但是，自从我妻子邂逅了甄领导的司机的夫人之后，我们一家试图改变现实生活的愿望终于有了盼头。总之，现在好了，一切都预示着我原本暗淡的前途将迎来一片光明。认识这位夫人不久，我妻子就开始给她送礼品，然后是一只一只信封（内有人民币若干）。夫人开始时表示拒绝，然后是客气但冷淡地收下，最后是热情洋溢、满面红光地表示感谢。自从我们认识了这位"尊贵"的夫人之后，自从她屈尊收下了我们那些微不足道的鲜花、礼物和金钱之后，我和我妻子开始了整夜整夜的失眠。我们冥思苦想、反复讨论各种方案，等我们见到这个司机本人时应当为我谋求一个什么样的职位。我们之所以至今没有机会见到他本人，按其夫人的说法是他的确太忙了，他很少待在家里，因为甄领导的工作日程安排总是很满，满得超出我们的想象。

　　我妻子与司机先生的夫人交往了一段时间以后，司机先生通过他夫人知道了我们，并且答应在不久的将来"接见"我们。这真是一个好消息。我高兴得差点突发心脏病。您别笑，因为我坐在小职员的位子上已经不少年了，想挪动一下也是合乎情理的。所以我十分看中与甄领导的专车司机的会面。对于这次伟大的会面，我用无数个不眠之夜作为代价，思考了所能想到的一切，归纳了十大意义、十个要点和十条注意事项。接着，我们冷清清的家突然热闹了起来，人们用各种方式打探到我们家的详细住址，提了礼物登门造访，要求解决他们那些稀奇古怪的问题，好像我们家是信访办。这些人一进屋里，就赖着不走，喝水的、抽烟的、聊天的、放屁的、拿起我们家的水果就吃的，干什么的都有。我和妻子口水讲干也没有用，因为他们根本就不相信，认为我俩在骗他们。后来，我和妻子只好到了傍晚就锁上门出来溜达，避开那些来找麻烦的家伙。

好了，这一下我和妻子没有了消停，大街上甚至有人窃窃私语，说我是甄领导的私生子。我和我妻子当然没有闲工夫理会这些乱嚼舌头的无赖，现在我们唯一关心的事情是甄领导的司机先生。因为关心他就是关心我们自己。在此期间，我妻子拜访司机夫人的次数越来越多，她们之间的关系也越来越密切。夫人以亲切而且赞赏的态度接受我妻子送去的礼物和红包，同时对我妻子积极主动、心甘情愿接近上层人士的做法表示赞赏。我妻子数次拐弯抹角提出了让司机先生尽快接见我的请求，但司机夫人只是安慰我妻子："别太急，一切我都会安排妥的。"我相信，我什么都相信。

可是，我妻子似乎坚持不住了，她疲软地坐在沙发上，用失神的黑眼睛望着我说："我垮了，亲爱的，我要垮了。"

我说："对不起，亲爱的，得坚持。"

借此机会，我提起笔开始写自传。我一口气写了两万多字，得意洋洋地交给妻子审阅，妻子看了后像吃了摇头丸，脑袋不停地晃，说我写的自传更像革命烈士传，字数也太多，不行，要我重写。我又提笔一增一删一改，抽了两包半烟才弄出来，妻子看了还是摇头，说这回像悼词，还得重来。如此增删九次，批阅十日，终于大

功告成，并复印了三七二十一份。然后又复印了我读小学以来能找到的所有荣誉证书。这些货真价实的材料，被我装满了一只档案袋，它们将有力地证明我的非凡才能，证明我天生就是当科长的料。

盼星星，盼月亮，这一天总算盼来了。趁甄领导赴美国考察的空隙，司机先生决定亲自接见我们。司机先生的夫人提前三天将这个决定通知了我们，我妻子接完司机先生夫人的电话后，几乎当场晕倒在我的怀里。

接见的地点定在五星级豪华酒店。当然，司机先生和他的夫人的确非常看得起我们，指定由我们埋单，这使我们感到万分荣幸。为此我们向妻哥举债，借了一些早就准备好赖账的钱。司机先生的夫人在电话中向我妻子保证，我至少可以单独跟他待五分钟。对此，我妻子用了十分钟向他表示了感谢。除此之外，我们还能做什么呢，哦，对了，现在我每天刮两次胡子，洗三次澡，扎四次领带，吃五次镇静剂；我妻子也好不到哪儿去，每时每刻都有晕倒过去的危险。

时间终于指向这天下午的五点钟，我和妻子准时走到门口，一刻不等，立即招手打了一辆的士，在大街上的众目睽睽之下绝尘而去。我妻子紧紧抱住我的胳臂，激动得脸色煞白，不停地颤抖着："我垮了，亲爱的，我要垮了。"

我仍然用那句老话安慰她："对不起，亲爱的，得坚持。"

我们到达酒店时，司机先生和他的夫人以及五个衣冠楚楚但身份不明的男人已经坐在那里说笑。司机先生风度翩翩，仪表非凡，长得人模人样，看上去更像一位官员而不是一位官员的司机。司机先生坐在上首，一副君临天下的派头。喝酒之前，我们一边抽烟一边听司机先生讲了政界方面几个无关紧要的小道消息。他拿烟的时候，我们六个男人一跃而起，争着给他点烟，但他只接受我给他点烟。我注意到，点烟的时候，他甚至还意味深长地看了我一眼。

司机先生今天的心情不错，话讲了不少，高档酒喝了不少，以野生动物为主的各式佳肴也吃了不少。他甚至还专门跟我碰了一次杯，我立即意识到我在他眼里已经成了红人，不禁受宠若惊，转而洋洋得意起来。

　　在美酒的陶醉中，我开始想象当科长后的种种好处，几乎忘记了此行的目的。司机先生借口要方便一下出去了，我被好酒冲击得有些犯傻，竟没有注意到司机夫人示意我出去的暗号，直到妻子用她的手指使劲捅了一下我的腰。妻子恶狠狠地说："笨蛋，快出去！"

　　我以百米冲刺的速度飞奔出去，后面传来的哄笑声我只当做耳边风。我跑到外边转了几个圈，才在洗手间的门口见到了正埋头整理裤头的司机先生，我立即热情洋溢地紧紧握住司机先生的双手，司机先生显得有些吃惊，急忙挣脱我的手，皱了皱眉头，用一种厌烦的目光望着我，忽而又转换了一副意味深长的微笑。司机先生像是要安慰我的情绪，拍了一下我的肩膀，说："你的事我听说了，很有上进心嘛。你就等着吧。"

　　"那当然，我听你的。"我一边说一边拿出一个红包递过去，司机先生立即拒绝了。

　　司机先生表情严肃地说："这是什么意思？这不行，绝对不行，我是不会收的，但是……"司机先生不再说下去，抬手看了看表，示意我可以走了。我急忙收好红包，在司机先生之前回到了自己的座位。五个正埋头吃喝的家伙全部抬起头望着我，脸上无一例外地露出嫉妒的神色。他们窃窃私语了一阵后，马上把我奉为上宾，一个一个轮着恭敬地给我敬酒，我大气地一一领受，大声地说着豪言壮语，想着自己真的成了司机先生眼里的红人，心里痛快死了。

　　在此过程中，妻子悄悄从我口袋里拿出红包，又悄悄转移到司机夫人的口袋里。夫人慈眉善目，庄重贤淑，气质高雅，亲切地与所有在座的人说笑着，对我妻子的小动作毫不在意。在司机先生再

次喝掉了我敬的一杯酒后，他用手机接了一个电话。最后，司机先生宣布，甄领导在美国的公务考察活动已经圆满结束，正乘国际航班返回国内，他本人奉命于下午七点钟到机场接甄领导回来。我们热烈鼓掌，并预祝甄领导满载而归。

宴会结束后，服务员将账单送过来，我看到账单上的数目立即头昏目眩，大汗淋漓。妻子则真的全垮了，冷不丁瘫倒在桌子下面。我慌忙掐了妻子的人中，才将她弄醒过来。之后，我们决定由妻子去找妻哥多借一点钱，我留下做人质。还好，妻哥没有为难我们，再次做了冤大头。

现在好了，我们的生活有了新的希望，幸福就在前面向我们招手。我一支接一支地抽着劣质香烟，一次又一次地吃镇静剂。我一边满怀信心地等待着，一边想下次拿什么东西奉献给司机先生和他的夫人。

我妻子整天躺在床上，嘴里说着疯话："我垮了，亲爱的，我要垮了。"半年之后，我们得到一个确切的消息，甄领导因事获罪，锒铛入狱，其司机亦不知所终。

这回不用说，我垮了，我妻子也垮了。

第二辑　悬疑天地

# 计中计

这天下午，"漓江派"著名画家米真正在工作室挥毫作画，助手金明推门进来，"老师，有人求见。"

"谁？不见！"米真最讨厌工作时被人打扰。艺术是需要灵感的，而灵感往往来自内心深处的孤独，因此他拒绝外界的干扰。

"那我马上回绝。"金明走到门口，回头道，"他说来自市慈善总会。"

"哦，这样啊。"米真一愣，随即说："你请他在客厅稍等片刻，我马上就去。"

米真是漓江画派的领军人物，对水墨山水技法潜心修炼，造诣很深，其作品清丽婉约，空灵娴静，至善至美，深谙漓江山水之精华，极受藏家追捧，一幅《夜泊》在香港苏富比拍卖行拍出四百八十万元的高价，其他作品也都在百万元以上。同时，米真热衷公益事业，每逢各种天灾人祸都慷慨捐钱献物，出手大方，因此听到市慈善会来人求见，自然不会怠慢。

来人是个年轻帅气的小伙子，见米真进来，慌忙起身，面红耳赤，腼腆得像个孩子，"米老师，这是我的介绍信。"说着双手奉上一张红字抬头的信笺，下面落款还盖着一个鲜红的印章。

米真摆手笑道："不用啦，前几天我接到你们杨会长的电话请托，说是近期要举办一场赈灾拍卖会，请我略表心迹，我当然义不容辞，连夜赶了一幅《烟雨漓江》，你来了就请你带回去吧。"

小伙子毕恭毕敬地接过米真递来的画卷，深鞠一躬，说了几句感谢话，捧着画卷退了出去。

"老师，是不是先给市慈善会打个电话问问，确认一下，现在骗子很多，我听说最近有一伙人专门骗取名人字画去倒卖，不得不防啊。"金明话里有话，显然对老师的轻率有所不满。

米真摆摆手，淡然一笑，回工作室去了。

金明走出院门外，望着小伙子渐行渐远的背影，眼里充满疑问。

小伙子走到拐角处，一闪身，紧赶几步，上了停在路边的一辆小车。

"都妥了？周放大兄弟。"甘风力微笑着，不慌不忙地发动了车子，眼睛却看着周放大手里的画。

"当然。"名叫周放大的小伙子迅速脱去腼腆的伪装，满脸得意地点上一支烟，笑成了一朵花。

车东拐西弯，转到城乡结合部里的一条小巷，停在一个大杂院门口，周放大下了车，拿着画径直进了院门。

"机灵点，别让那老胡子把画给拐跑了，偷鸡不成反蚀把米。"甘风力一句话追了过去。

"老规矩，没事，胡子生就是仿画的命，哪里有偷画的胆。"周放大硬邦邦地给顶了回去，闪身入院不见了。不过五分钟刚过，周放大便转了出来。"老规矩，三天后取货。"

三天后，二人又到了这个院子门口，仍然是周放大下车入院，取回米真原画和一幅仿画。

车开到一个隐蔽处停下，甘风力打开一幅画看了半天，打开另一幅画又看了半天，竟无法辨别真假。两幅画上的桂林山水如同一个模子倒出来的，几乎不差分毫。"好！果然真假难辨，把我也弄糊涂了。"

"头儿，傻眼了吧，其实分辨也不难，你看左下角的河岸边有一簇凤尾竹，其中少了一片叶子的那幅就是假画。"周放大笑道，"跟以前一样，一幅画赚二幅画的钱，爽哦。"

甘风力满意地收好画，驱车前去约会买家。

在市郊公园茂密的树林里，甘风力、周放大二人如约见到了买主张胖子，还有一个满脸横肉的保镖在不远处警戒。虽然双方已交易多次，但张胖子仍然肌肉紧绷，出言谨慎，眼里充满警惕。

买卖谈得很艰难，甘风力意志坚定，咬定一百万元人民币不松口，张胖子则最多肯出八十万，而且当面交易，现钱现货，免得夜长梦多，节外生枝。正僵持不下，一个中年男人却闯了进来，声称一百万不贵，他买了。买卖双方都吃了一惊，定睛一看，原来是本市最大画店"荣宝斋"的郑老板，大家都认识，这才放下心来。但郑老板的突然出现仍然引起买卖双方不满，甘风力认为他是警方的探子，张胖子则把他视为趁火打劫的小人，故意来此搅局，坏他的好事。郑老板不依不饶，坚持买卖公平人人平等，说你张胖子可以买，我郑老板同样可以买，既然甘风力已经出价，你张胖子不买，还不让我买吗。二人正僵持不下，甘风力说："既然这样，大家都是朋友，我不想伤了和气，干脆不卖了。"

郑老板不同意，"甘兄这就是你的不是了，俗话说，灯草打人不痛，道理不合，你不能一桨打死一船人，总得讲个子丑寅卯才是。这样吧，我再让他一回，他出手，我走人，他不买，就留个机会给我，如何？"

所谓不蒸馒头争口气，张胖子一咬牙一跺脚，把画买下了。郑老板也言行一致，二话不说走掉了。双方点钱验画，一场买卖大功告成。其实，刚才点钱时，趁张胖子不注意，周放大已将真画换成了假画。

车行半路，甘风力一阵大笑之后，停住了车，"这张胖子傻得够呛，简直就是个猪脑壳，这么明显的大坑愣是往里跳！"说着，

甘风力打开装钱的皮箱，拿出一沓钱，"这是你的十万，郑老板和我也各拿十万，余下的七十万先放在我那，以备不时之需。"

说着，甘风力按住肚子，做痛苦状，"不好，我要拉稀！"然后把画卷用胳膊一夹，另一只手提着装钱的箱子下了车，"你开车先走，不用等我。"也不等周放大回答，三晃两晃转进一个墙角不见了。

周放大望着甘风力如风一般消失的背影，冷笑一声，踩足油门飞奔而去。

转了几个圈，周放大将车停在了一家五星级酒店门口，望望四周，从座椅下面抽出一幅画卷，展开看了看，又是一声冷笑："你甘风力跟我玩，还嫩了点，这画才是真的呢，笨蛋！"原来，那天他去老胡头那里做的仿画不是一张而是两张，刚才甘风力拿走的就是他私藏的仿画，真画他早已在甘风力和张胖子忙着点钱的时候悄悄换掉了。

周放大拿着画下了车，在总台开了个高级套间，直奔十四层，进屋即反锁，关了手机，躺到床上睡死过去。

第二天上午十点，周放大约的买家准时到来。周放大听到敲门声，开门迎客，来人正是昨天在买卖现场充当托儿的郑老板。

二人坐下，相视大笑，为计谋得逞而志得意满。接着，交易很快完成，周放大收了钱，郑老板拿了画正要出门，却又响起敲门声，郑老板以为是客房服务，想都没想就打开了门，哪知道门刚开便冲进来一群人，为首的正是甘风力和张胖子，而且这两人身上都不同程度地挂了彩。原来，昨天下午先是张胖子发现上了当，当即找到甘风力，二话不说，上去就是一顿暴打，甘风力不明就里，哪里肯吃这等哑巴亏，挥了老拳对打开来，幸好旁人拽住才没往死里掐。等甘风力自己明白过来，差点背过气去，恨不得把周放大撕成八瓣。共同的利益使两个对手结成同盟，张胖子和甘风力决定齐心协力找到周放大，先夺回真画，再打得他满地找牙，让他长长见识。二人很快将疑点集中到郑老板身上，种种迹象表明，这姓郑的是个里外通吃的家伙，他表面上跟甘风力合作做局，暗底下却私通周放大，将真画搞到手。于是二人一合计，决定全天候跟踪郑老板，继而找到周放大。

仅经过一夜秘密监控，他们就将周放大和郑老板堵在宾馆客房里，可以说是人赃俱获，大功即将告成。几个打手正要准备修理周放大和郑老板一番，刚关上的客房门又被敲响，众人一惊，面面相觑，竟不知所措。

甘风力总算最先反应过来，他望了望快被擂破的门，转过身来扫了众人一眼，恶狠狠地说："不管来的是什么人，就说我们是做服装生意的，正在谈一笔买卖。仔细听好了，现在大家都是拴在一根绳子上的蚂蚱，谁也跑不掉，谁要是软蛋，小心找死！"

门刚打开，米真的助手金明带着几个警察冲了进来，手里黑洞洞的枪口指着里面的人群，"统统举起手来，你，你，还有你！"金明一边说一边将画和钱拿到了自己手里，"罪证确凿，法网难逃！"

众人看这情况，知道大势已去，都乖乖举起了双手，垂下了头。"金明，你是怎么得到消息的？"甘风力满脸问号，显然有些不甘心。

"想不到吧，其实我早就注意你们这些人了，这叫螳螂捕蝉，黄雀在后；法网恢恢，疏而不漏！"金明大笑一声，"带走！"

"说得好！"门口响起了鼓掌声，鼓掌者却是米真，他身后还有市公安局长、慈善总会杨会长以及好些荷枪实弹的警察。

金明看到米真，脸色霎时煞白，话也哆嗦起来，"老师……你……怎么来了？"

"怎么来了？说来话长，但也可以简而言之——前段时间，我得到一个消息，有一个盗窃集团专门借赈灾救灾和扶持慈善事业的名义骗取本市知名画家的作品转手倒卖，谋取暴利，造成了极坏影响，而且这里还有人以我的名义查处盗卖者，然后秘密销赃，钱却神鬼不知流进了自己的口袋，而这个人就是你——金明！针对这种情况，我们特别做了一个局，用这幅《烟雨漓江》引蛇出洞，你们果然上当，结果被我们一网打尽。哈哈！"

第二天，在市人民礼堂举行了隆重的《烟雨漓江》捐赠仪式暨现场拍卖会。由于此画的传奇色彩，拍卖会上响应者热烈，身价倍增，报价节节攀升，最后以三百六十五万元人民币落槌，所得款项悉数支援地震灾区建设。

# 古镇遗宝

## 拆迁风波

这天一大早，还在睡梦中的盘龙镇人被一阵巨大的轰鸣声吵醒，纷纷跑到街上看个究竟。天哪，一列由挖掘机、推土机、卡车和筑路工人组成的大军浩浩荡荡地开了过来。

一条高速公路即将穿镇而过，规划内的房屋都必须拆除，虽然拆迁协议早已签订，但此时此刻人们才真正相信眼前这个事实：他们的老屋就要消失了。

大型机械拆迁的速度很快，只几天工夫，大部分写着"拆"字的房屋便成了堆满瓦砾的废墟，最后仅剩下了孤零零的侯家大院。

这天刚要拆迁侯家大院，却被上头叫了暂停，说侯家大院是古建筑，要等市文管处鉴定后才能继续施工，包工头黄志富无奈，只得放了民工的假。

两天后，文物专家一行数人赶来盘龙镇考察鉴定，带队的是市文管处副处长古占清。此人三十多岁，精明干练，行动迅捷，他一到现场，也不要别人领着跟着，就一个人钻进侯家大院四处勘查，直到黄昏才蓬头垢面地出来。心急火燎的黄志富急忙凑上去，满脸堆笑地问："怎么样？古处长。"每停工一天，经济损失是以五位数计算的。

"明天可以开工，地面归你，地下归我。"古占清倒是痛快，接过黄志富顺势递过来的单子刚要签字，一个白胡子老头过来拦住了他。

"拆不得，拆不得哟，谁拆谁要遭报应，全家都遭殃！"白胡子老头不等众人反应过来，已将古占清手里的纸一把夺过来撕得粉碎，在众人惊愕的目光中扬长而去。

古占清和黄志富正望着老头的背影一头雾水，身后传来一阵哈哈大笑。回头一看，却是一个身材魁梧、满脸堆笑的陌生中年男人。一旁的刘镇长见状上前悄悄介绍道，此人是来自香港的郑老板，上月在镇上开了一家名为"世外桃源"的餐馆，虽然门可罗雀，生意清淡，却乐此不疲，说是只为此处秀色可餐，不问生意好坏。

正说着，郑老板凑上前来，表示想请几位去他店里坐坐，说说话，喝杯茶，吃个便餐。刘镇长顺势热情相邀，说是应尽地主之谊，赏个脸。古占清在侯家大院里钻来钻去，忙了大半天，早已口干舌燥、饥肠辘辘，自然是不假思索地答应了。于是古占清、黄志富、刘镇长及考察组一行人随郑老板前往。

三杯酒下肚，夜已黑定，气氛也融洽起来。说到侯家大院，众人都兴趣盎然，刘镇长更是打开了话匣子。刘镇长说："这侯家大院可是有些来头的，清末始建，前后历时二十余年，为侯家先人侯宽仁老宅。这侯宽仁是清朝一位亲王的护卫将军，鞍前马后为亲王服务几十年，不辞辛苦，忠心耿耿，深受亲王信赖。据说，有一年，亲王卷入皇位之争，为躲避仇家追杀，悄悄在侯宽仁家住了三个月，临走时留下大量财宝，命侯宽仁妥善保存，以备急用。侯宽仁将财宝深埋于院内地下某处，藏匿地点仅他一人所知，且忠于职守，坚信亲王终有一天会来取走财宝。不料侯宽仁突染重病，先于亲王去世，临死前任凭家人百般追问，不曾透露财宝的半点秘密。侯宽仁死后，其家人把宅子几乎翻了个底朝天，但一无所获，后几代人的找寻也是同样结局，于是财宝成为悬疑。新中国成立前，在国民党政府任高官的侯青云率全家仓皇出逃，听说到了大洋彼岸，但具体信息不详。"

"听说这侯家大院前后出了不少怪事，蹊跷得很呢。"郑老板一边给众人斟酒，一边饶有兴趣地问道。

"说来话长，新中国成立前侯青云率全家出走时，唯独没有带走四姨太，坊间传说是这四姨太正是青春年华，因耐不住常年独守空房的寂寞，与下人私通，后被发现，从此被打入冷宫，侯家逃走的当天晚上，四姨太用一条紫纱巾吊死了自己。新中国成立后，侯家大院被安排为供销社职工宿舍，先后住进十多户人家，但都因闹鬼搬了出去，院子从此闲置下来，而且一撂就是五十多年。期间也有胆大的愣头青偷偷进去寻宝，却都无功而返。镇上还经常有人在晚上看到院子里的房间窗户发出亮光，偶尔还听得到女人的哭声，怪瘆人的。"刘镇长说得风生水起，不曾注意众人已经渐渐变了脸色。

郑老板见状赶紧圆场，提议继续喝酒，但众人似乎各怀心事，兴致全无，都想走人了事，等到古占清终于说声"散了吧"，都纷纷响应，迫不及待起身离席。忽然，郑老板一声惊叫，指着窗外说不出话来，众人一看，窗户玻璃上竟出现了一张人脸。人脸紧紧贴在玻璃上，惨白失血，扭曲变形，丑陋无比，众人都吃了一惊，以为撞鬼。

郑老板最先冲了出去，其他人也随之跟出门外，但黑暗中那人影早不见了，好像什么都没有发生过，似乎刚才的一瞬间人们产生了集体错觉。一阵面面相觑后，大家便散了。

众人一夜未眠。

## 装神弄鬼

第二天一大早，机器轰鸣声再次响起，推土机、挖掘机、拖拉

机和载重卡车在侯家大院周围往来穿梭，半天工夫便推倒了一大片房屋。大量的围观者一边叹息可惜，一边惊呼壮观。虽然侯家大院就在身边，但真正有机会、有胆量进去过的人凤毛麟角，今天算是开了眼界，见到了庐山真面目。

时近中午，正是热火朝天时，一名挖掘机手突然大叫一声，停了手。黄志富闻讯赶来，看到机械手下面露出了一个洞口，洞口宽一米见方，往下大约四五十公分处，散土下隐约可见裸露的青石板，他立刻大喊道："叫古处长来！"

话音刚落，站在旁边看热闹的工人龙连苟忽然滑下洞口，脖子上缠着一条紫纱巾，口吐白沫，手舞足蹈，嘴里喃喃有声，像陀螺般转了几圈后一头栽倒在青石板上。

"不听老人言，吃亏在眼前，这回遭报应了吧！"人们正一头雾水时，白胡子老头却已神鬼不知地站在洞口边，泼给黄志富一瓢冷水。

黄志富白了老头一眼，叫几个工人下去抬着龙连苟去镇卫生院抢救，又另外叫来几个人，拿来钢钎、铁锤，刚要撬开青石板，却被匆匆赶来的古占清生硬地制止了。"你小子耳朵长毛了，记不得老子有话在先吗——地上归你，地下归我。现在，所有人统统给我滚开！"

镇派出所杨所长接到古占清的电话，带领警员迅速赶到现场，一边将围观者驱赶开去，一边用现场拆下的木板把洞口围了起来。古占清蹲在洞口的青石板上看了半天，爬上来只对杨所长说了一句话："派两个警员给我守好了，没有我的命令，谁也不许打开洞口。"说完扬长而去。

谁也弄不懂古占清葫芦里卖什么药，可看看古占清油盐不进的模样，估摸着这出戏暂告一段落，想满足好奇心的愿望也暂时难以实现，看热闹的人们才渐渐散去。

然而，到了晚上，古占清却将洞口的警卫撤掉了，说是他已经查了侯家大院的相关资料，下面只是一条下水道排污管，并非什么藏宝处，用不着浪费人力。当然没有人相信他的鬼话，这是个不受欢迎的怪人，搅乱了盘龙镇的平静。

晚上九点多钟，乌云中窜出大半个月亮，忽明忽暗地照着昏沉沉的盘龙镇，施工队的工棚一片寂静，累了一天的民工已经睡了。忽然，工棚里悄悄溜出一个黑影，无声无息地沿着一条隐蔽的小路翻过山垭口，到了一棵榕树下，而另一个黑影也从榕树背后迎了出来，两个黑影几乎重合在了一起。两个人在轻声说着什么，开始时声音细小低沉，继而声音渐高，最后其中一人发出一声惨叫，声音戛然而止，突然倒下，另一人无声无息地消失在茫茫夜色中。

第二天早上出工时点名，黄志富发现龙连苟不见了，问同一工棚的工友，都说龙连苟昨天突然昏迷，送到镇卫生院检查身体，确认并无大碍，打了两瓶点滴，便回到工棚休息，昨晚大伙睡觉时还见龙连苟躺在铺上，今早他的铺却空了。

这边众人正纳闷呢，杨所长那边却得到报告，一个农民在后山榕树下发现了一具死尸，古占清正和杨所长在一起，便一同赶去勘验。杨所长并不认识龙连苟，但古占清是认识的，一眼就辨认出此人正是昨天那个在施工现场晕倒的年轻人。他对龙连苟死在这里有点纳闷，因为昨天龙连苟被送进卫生院后，体温、心电图、瞳孔症状都显示正常，打完两瓶点滴后自己就走回去了，跟没事人一般，那么他到底患了什么病，是真患病还是装的，他为什么会死在这里，古占清陷入了沉思。接着，当杨所长搜查了龙连苟全身后，古占清的疑惑有了进一步的增加。

龙连苟双手捂着脖子，口型半合，舌头微露，显然是死于窒息，颈部并无绳索勒痕，很可能是被凶手的双手掐死的。如果是这样，龙连苟作为一个年轻的体力劳动者被人赤手空拳杀死，凶手必定是

一个孔武有力、会功夫的人。

蹊跷的是，龙连苟身上还有二千五百元现金，而且是连号钞票。这龙连苟只是一个民工，月薪不过千元，这连号的二千五百元哪里来的，谁会给他，给他干什么，要他办什么事，最后他为何被杀死，身上的钱却没有丢。"这不是谋财害命，也不是报复杀人，这是有目的、有计划的阴谋。"杨所长勘查现场后，很肯定地说。

古占清不置可否，他关心的不是这个，尽管他还不能确定龙连苟之死与他所关心的有没有关系。不过，出于安全的考虑，他还是决定尽快挖开洞口进行勘察，避免造成文物流失。

说干就干，在郑老板饭店里吃过午饭，古占清叫来黄志富，站在洞口边指挥挖洞。根据考古发掘行规，他先让民工清理干净洞口周围的泥土，再让起重机将盖住洞口的青石板吊起，重新设置警戒线后，他带着考察组的几个人开始工作。

青石板被吊开后，果然露出了一个黑黝黝深不见底的洞口，这让在场的所有人都发出了惊呼，只有古占清不动声色，好像一切都在他的意料之中。

古占清拿着加长手电，身上拴着绳子第一个下洞，半个钟头后他顶着满头蜘蛛网两手空空地上来了，出了洞口后他拍掉身上的尘土，抓去头上的蜘蛛网，叫人找来一块木板盖上，带着考察组的几个人走了。黄志富看着古占清的背影一头雾水，又不敢造次，只得仍然暂时停下这部分的拆迁，先拆迁其他房屋。围观的人群中，白胡子老头的身影若隐若现，脸上永远挂着一副诡异的微笑，目光冰冷地观察着这一切。

## 雨夜魅影

晚饭由黄志富做东，地点当然是郑老板的饭店，在座的仍然是昨晚那几个人，再加上杨所长。众人都知道今天发生了两件事：一是死了一个民工，二是古占清下了洞，这两件事都让人好奇得很，可是古占清和杨所长好像约好似的，一个缄默不语，一个东扯西拉不着边际，但刘镇长的好奇心特别强烈，几次问起古占清下洞看到了什么，古占清最后只是淡然一笑，"你们猜猜。"说完喝下一杯酒，起身走了。

"你们猜猜。"这话意味深长，让正在喝酒的许多人产生联想，酒也就喝得索然无味，于是在各怀心事的沉闷气氛中草草结束。出门的时候，众人都不约而同地望了窗外一眼，但前晚那张压扁的橡皮脸并没有出现。"你们想想，前晚的那张脸像不像今天我们施工队死去的那个人啊？"黄志富冷不丁问道，众人一惊，都哼哼哈哈了一阵，语焉不详地走了，他们都不愿意做这种无聊又恐怖的联想，以免半夜做噩梦。

午夜刚过，天气骤变，电闪雷鸣之后，狂风暴雨急遽袭来，整个盘龙镇好像到了世界末日，陷入一片黑暗之中，了无生气，更不见人迹。忽然，一道闪电划过，从盘龙镇居民区窜出一个蒙面人，猫着腰顺着残壁断垣一路摸到侯家大院拆迁工地，蹲在一堆土旁边观察了好久，确认没人后就直奔洞口而去。蒙面人蹑手蹑脚拆开临时用木板做成的围栏，一闪身到了洞口边，正要下去，哪知从洞口竟站起两个人来，接着从后面也传来人的脚步声，眼看蒙面人前后受敌，即将束手受擒时，突然天空一个惊雷滚下，在洞口上空炸开，火光一闪，巨响声震慑了所有人。说时迟，那时快，蒙面人乘机身形一晃，泥鳅一般地溜出了包围圈，并乘着黑暗往远处飞奔而去。见蒙面人逃走，围堵者哪里肯依，撒开双腿追了过去。

蒙面人跑出镇子，进了一片庞大的杂树林，一下没了踪影，追击的人失去了目标，在杂树林边徘徊不前。雨越下越大，雨点夹着雷声，像鞭子一样抽打着人们。古占清随后赶来，用强光手电沿着

蒙面人消失的地方照来照去，因为他听追击的人说蒙面人刚才发出了"哎呀"一声惨叫，很可能是摔了一跤。在一个半米深的土坑里，他果然发现了一只普通黑色男式皮鞋，拿着这只皮鞋，古占清意味深长地笑了，"回去吧，嘿嘿！"

第二天早上，古占清电话约刘镇长去郑老板的"世外桃源"喝早茶，刘镇长支吾半天，拗不过古占清，勉强答应了。古占清坐在"世外桃源"老地方，和郑老板一边聊天一边等刘镇长。等了老长时间刘镇长才磨磨蹭蹭地进来了，他精神萎靡，满身伤痕，一瘸一拐，脚上换了一双棕色旅游鞋，一坐下就抱怨道："昨晚真是倒霉，下村回来的时候已经半夜，路上又遇到雷电加大雨，被淋得全身湿透不算，还摔到水沟里，脚崴了一下，皮鞋也弄丢了一只。"

郑老板赶紧安慰道："安全回来比什么都好，来，喝杯热茶，压压惊。"

古占清斜视着刘镇长，话中有话，"刘镇长为民日夜奔忙，真是劳苦功高，连鞋都走丢了，佩服佩服！"

"哪里的话，小事一桩，不提了。"喝了一口郑老板刚端来的茶，抬头一看古占清的古怪神情，满脸疑惑，"你……"

古占清接住刘镇长的目光，淡然一笑道："是这只吧。"说着从桌子下面拎出一只沾满泥水污渍的黑色皮鞋，也不管脏不脏，一下放到刘镇长眼前的桌面上。

刘镇长暗自打了一个哆嗦，脸涨成猪肝色，慌忙抓起鞋子，装模作样地看了看，将鞋扔到桌子底下，"奇怪，你是在哪儿找到的？"

"刘镇长认为奇怪么？我不这样看。至于鞋在哪里找到的，你比我更清楚，不是么？"说着古占清话锋一转，"不说了，喝茶。"

这顿早茶喝得很是寡味，刘镇长勉强喝了一小杯茶，吃了两片点心，自觉无趣，说困得要命，回政府宿舍睡一觉再议，说完提着那只鞋先走了。郑老板看出了些许端倪，悄悄问起此事，古占清笑而不答，只管说喝茶，郑老板当然知趣，不再追问下去。

到了工地，古占清这才对杨所长、黄志富等人说了实话，原来昨天洞口还有一道石门挡住了去路，他并没能真的进到洞里，之所以故意不说，是想引蛇出洞，乘机抓住那个打算盗取财宝的杀人凶手，并设下了埋伏，虽然盗宝者果真出现，却又让其逃之夭夭。现在必须进行抢救性发掘，以保证洞内文物的安全。"从现在起，要全天候进行警戒，二十四小时必须有人值守，由杨所长具体负责，我和考察组的人员全力发掘。"

古占清安排考察组的几个人与精选出来的一些民工清理洞口，以便随后使用适当的机械卸下石门，他则悠闲地坐在一旁抽烟。由于无法展开作业，洞口周围泥土清理得十分缓慢，但古占清却视若无睹，一点都不着急，还不时与旁边的杨所长扯闲篇，好像没他什么事一般。

忽然，古占清打了一个激灵，腾地一下站起来，飞快往镇政府方向跑去。杨所长叫了一声，也跟在后面跑去。

## 杀人灭口

二人上到镇政府大楼三层，走到刘镇长住的宿舍门口，敲门不开，便合力撞开了房门。悲剧已然发生，一根棕绳从房梁上吊下来，死结拴在刘镇长的脖子上，双脚悬在空中，人早没了气。

二人再使合力放下刘镇长，抬到床上放平躺着，仔细看看脖子勒痕的位置，四目相对，彼此会意地点点头，达成了共识，意思是：对方急了，杀人灭口。这时候，门口已经站满围观者。

下午县公安局法医赶来做尸检，结论跟古杨二人的直观判断一致，是窒息而死，属他杀，所谓上吊自尽只是伪装现场，障眼法罢了。

正午刚过，北风呼啸而至，气温骤降，各种恐怖的传言也同时布满全镇，白胡子老头更是在街上窜来窜去，扇阴风点鬼火，闹得人心惶惶，不知道怎么办才好。

古占清坐在"世外桃源"靠窗的桌边喝茶，望着窗外白胡子老头飘来飘去的影子发呆。突然，他一拍脑壳，像是终于清醒过来，意识到自己遗忘了某个重要环节，只有这样才能将整个事情串联起来，才能将某些奇怪的事情解释清楚。问谁呢？店主郑老板有事去城里了，又不是本地人，问他也没用。趁店小二给他续茶时，装出漫不经心地问道："这白胡子老头是你们镇上的吗？"

"不是，那疯子是去年才在镇上出现的，住在后山的岩洞里，没事就下山转悠，动不动就给人算命，到处惹是生非，搞得鸡犬不宁，镇上人都很讨厌他，但又不敢得罪，听说这疯子与刘镇长有亲戚关系，刘镇长虽然没有明说，却派人给他送吃送喝。看不懂啊！"店小二发了几句感慨，离开了。

古占清回到旅馆房间，反锁了门，坐到床沿上，掏出一个硬皮小本翻看起来。这是刘镇长的日记，几乎每天的活动情况都有记录。此人文化水平尚可，日记也算文通字顺，但极为枯燥无味，绝大部分都是简单的说说工作行程，做了什么事，见到什么人，开了什么会，会议议程一二三四点，简明扼要，没有一句废话，但也几乎不见自己的观点和意见。显然，这是个城府很深、善于隐藏自己的小官吏，他之所以不在日记里透露心迹，恐怕就是防备日记不慎遗失给自己造成麻烦。然而，记录到了一年多前，文风骤然改变，文字变得有些啰唆迟疑，字里行间隐隐透出惶恐不安，不时用一些隐语、英文字母和符号代替，显得欲言又止、心事重重的样子。日记到昨天戛然而止，而昨天的全部记录，只是一个问号、一个感叹号和一串省略号。古占清合上笔记本，冷笑一声，倒在床上睡了。

下午古占清去发掘工地转了转，看到下面乱石很多，生土很硬，且工作面窄，展不开人手，发掘速度有些缓慢，但洞内已基本打通，可容一人侧身出进。他看了一阵子，什么都没说，转身面无表情地走了。

背后，有一双阴鸷的眼睛一直在暗中注视着他，但古占清似乎浑然不知，径直往镇外的后山走去。

这时候，天色渐暗，北风沁凉，四周寂静一片，看不见一个人影，草丛中的秋虫偶尔一声尖叫，平添了几分躁动不安。古占清走到山前时，暮霭四合，天已黑定，他掏出一个小手电，沿着山脚下依稀可辨的小路往山上走去。小路弯弯曲曲，忽隐忽现，小手电光线微弱，只能勉强看清面前几步的路，之外便是漆黑一片，但古占清毫无惧色，大步流星，很快到了半山腰的一个岩洞前站定，借着手电光打量起来。岩洞口高宽约一人多，成狭长状，深不可测。古占清点了一支烟，咳嗽两声，立即往里走去。

一路进去，洞里果然狭小弯曲，而过了一处叮咚淌水的泉眼后，洞内豁然开朗，亮光到处，古占清看到了空地上的一面禾草铺成的床，还从床下找到了一张牛皮纸草图。他就着床铺展开，一边看一边点头，脸上还露出一丝诡秘的微笑。忽然，耳边一阵凉风袭来，他刚要侧身躲开，但为时已晚，脑袋上挨了一记重击，顿时眼冒金星，轰然倒下……

古占清睁眼醒来时，眼前一片漆黑，头痛欲裂，忍不住呻吟起来。几声过后，传来一阵响声，接着一盏应急灯亮起，整个洞内强光四射，亮如白昼，一个人站到了他面前，果然是那个白胡子老头。这时候，他才发现自己已经被捆了个结实，动弹不得。"你到底是谁？想干什么？"古占清有气无力地吼道。

"古处长，别来无恙啊？你真是贵人多忘事，你我打交道多年，可是老交情了哦。"白胡子老头手中拿着从古占清身上搜出的枪，

枪口指着古占清，"你不是文物管理处的古占清，你是刑侦处的古占清，这次是专门冲我们来的吧。哈哈！"

"你到底是谁？"

白胡子老头把头套一掀，胡子一抹，露出一张年轻人的面孔，"这回看清了吧。"

## 洞中揭秘

"张子云！"古占清失声叫道。

"正是本人。"张子云踢了古占清一脚，突然放声大哭，"你害得老子家破人亡，恨不得把你千刀万剐！"

"那是你罪有应得。"古占清说话有气无力，但意思表示明确无误。原来，张子云是一个臭名昭著的盗墓集团的骨干分子，参与了不少由主要头目吴法山组织的盗墓活动，还造成多起血案，死伤十数人，是警方重点通缉嫌犯。张子云后来在一盗墓案发现场被抓，但吴法山却趁夜逃脱，至今未逮捕归案。张子云则领刑死缓，其父悲愤交加，不久病逝；妻子不堪忍受，远走他乡；只余年迈的母亲带着两个孩子艰难度日。不料，三年前张子云竟借保外就医的时机逃之夭夭，至今仍是警方网上的追捕对象。哪知今日古占清落到他手上，猎人成为猎物，双方处境互换。

"你小子也有今天，真是应了三十年河东、三十年河西的老话，不是不报，时候未到，时候一到，全部报销。嘿嘿，老子今天就跟你玩玩，玩腻了再弄死你，出出老子这口恶气！"张子云坐在旁边的石头上，点上一支烟，狠狠吸了几口，盯着古占清的眼神如荒野里饥饿的头狼。

古占清慢慢缓过神来，神情有些好奇，"此事你们筹划很久了吧？"

"一年多前，我们得知盘龙要通高速路，侯家大院要拆迁，我们知道机会来了，侯家大院拆迁时你肯定要来，于是我们决定干最后一票，做掉你，拿上侯家大院的窖藏财宝远走他乡，隐姓埋名过完这一辈子拉倒。事情果然不出所料，侯家大院挖出了财宝，你也闻讯而来，于是一切都按我们的设想进行，顺利得让我们不敢相信自己的眼睛，直到你进了这个洞，我才相信这是真的。哈哈哈！"张子云放声大笑，狂喜的眼泪夺眶而出。

"我想，那龙连苟也是你们买来的托儿吧，晚上他在窗户边帮你们装神弄鬼，转移我们的视线，还在施工现场用紫纱巾演戏，阻止我们发掘下去，可是你们过河拆桥，把他置于死地，寒心哦！"古占清摇头晃脑，为张子云、吴法山等人惋惜。

"这小子太贪了，嫌钱少，还要挟我们说要报警，揭露我们，想坏我们的大事，那就怪不得我们不仁不义了，留着终究是个祸害。想必你也知道，我学过几年功夫，得到师傅真传，弄死个把小男人不费吹灰之力。嘿嘿。"张子云续上一支烟，跷了二郎腿，手枪放到一边，"难道你就不想听听刘镇长的故事吗？我这人还是有点良心的，会让你死个明白。"

古占清吃力地挪了挪身子，勉强换了个姿势，"刘镇长的故事其实一点也不精彩，甚至有些乏味，他不过是你们里应外合的一颗棋子。你们知道没有一个盘龙镇的实权人物配合难以成事，因此一年多前就用金钱将刘镇长拉下了水。此事自始至终都是你跟刘镇长直接接触的，吴法山则在暗中指使，从未露面。但事到临头，刘镇长看到后果难料，危险不小，吃了后悔药，不想干了，你们哪里肯依，设计将刘镇长引诱出来，在大雨泥泞中揍了他一顿，并把他的鞋子故意让我们捡到，嫁祸于他，使他跳进黄河也洗不清，只得跟你们干到底……"

张子云粗暴地打断了他，"古处长真是神探，你的推断一点不

差，不过只是马后炮罢了。接下来的故事我替你续好了。"张子云突然停止说话，侧头竖耳，似乎在倾听外面传来的细微声响，确信安全后，他才转过来继续对话，"这家伙铁了心要跟我们对着干，上午喝茶的时候差点泄露秘密，我们不能再等了，只得把他在房间里做掉，故意伪装成自杀的情形，主要是想延缓一下时间，以便我们尽快拿到财宝，走之前再搞掉你!"

"你们怎么确定洞里有财宝呢?"

"你的出现就是最好的确定啊。什么叫做一箭双雕，这就是!"张子云再次把枪握在手里，打开保险，"不过我们的计划有点变化，先送你上西天，今晚就带财宝走。"

说着，张子云举起枪，对着古占清扣动了扳机，"啪"的一声轻响过后，古占清却已绳索尽脱，不慌不忙站了起来，"那是哑弹，专为你准备的!"

张子云这才发现中计，慌忙把枪一扔，扭头就跑，刚到洞口，就被埋伏在此的杨所长等人逮个正着，张子云满嘴啃泥，却还在喋喋不休，"古占清，你使阴计，不得好死!"

"你们做初一，我们做十五，也应了那句老话，躲得过初一，躲不过十五，你们活该!"古占清挥挥手，"把他的臭嘴堵上，悄悄押到县里，今晚我们要在盘龙镇演场好戏。"

张子云一阵狂笑，"古占清，你别高兴得太早，鹿死谁手还不一定呢。哈哈哈!"

张子云被堵上嘴后，押上车从另一条路驶向县城，古占清则悄然潜回镇上，仍旧到郑老板店里喝茶。此时是晚上九点多，郑老板刚从县城进货回来，正在吃饭，见了古占清，不由分说，拉着他坐下，摆上了碗筷，斟上了酒。古占清一边坐下一边给考察组打电话说留一人值班即可。打完电话，古占清闻到酒菜香味，这才想起自己还没有吃晚饭，何况郑老板又不是外人，也就不客气，端起杯子喝酒，拿起筷子吃菜。郑老板素来海量，一瓶半茅台喝下去面不改色心不跳、谈笑自如，古占清则酒量小得多，半斤酒下肚就面红耳赤，神情恍惚。这一回，郑老板仍然热情不减，劝酒不断，古占清很快酒劲上头，昏昏欲睡过去。郑老板见状，赶紧叫上伙计，搀扶着古占清到楼上自己的房间休息。古占清被放倒在床，呼呼大睡过去。郑老板叫伙计打烊回家，自己睡在餐厅沙发上。

## 玩火自焚

凌晨两点多钟，月黑风高，盘龙镇一片寂静，人们都在梦乡里，只有主街一盏昏黄的路灯在风中摇曳。忽然，一个黑衣人出现在侯家大院发掘现场附近，猫在一片杂树林里观察许久，见无异常后，黑衣人如一阵微风似的悄无声息地吹到发掘洞口，打开盖板，一侧身钻了进去。洞口虽然已经打通，但也只是能匍匐着勉强进一个人。黑衣人一边往里钻一边用手里的小铁铲刨土，半个钟头后终于进入了内洞。折腾好一阵子后，黑衣人折身回到洞口，双手抱着一个密封的坛子，刚爬起来站直身子，突然四周灯光大亮，无数只手电如探照灯般照到他的身上，蒙着脸的黑衣人大叫一声，定住了。

"螳螂捕蝉，黄雀在后，就是孙猴子也逃不出如来佛的掌心。哈哈哈！"几声大笑之后，古占清走下坑口，一把揭开黑衣人的头罩，"戏该收场了，吴法山先生！"

强烈的手电光下，人们看到了郑老板那张永远带笑的弥勒脸。然而，此时那张脸却由麻木转为惊愕、再转为愤怒，最后转为一声冷笑，"我不要了，都给你们！"说着，把坛子砸向旁边封口的青石板，随着一声脆响，坛子粉身碎骨，迸出来一块硬纸板，借着手电的光亮，吴法山清楚地看到上面写着几个墨迹未干的简体字："玩火自焚！"

没有四姨太的紫纱巾，更不见传说中的财宝。

# 佛像奇案

　　杭州惠因寺在西湖的赤山埠，也就是北宋时期的高丽寺。明朝万历年间，织造太监孙隆投入巨资，将惠因寺整修得雄伟壮丽，金碧辉煌，然而明朝覆灭、清朝伊始之后，此寺便日渐荒凉，破败不堪了。

　　雍正年间，一个秋高气爽的上午，有一干游客来寺中进香，一袭的香车裘马，富贵高雅。为首的男子约摸四十来岁，相貌堂堂，气派非凡，一看就知道来头不小，甚至连其仆从数人都衣着华贵，很有教养。寺中住持圆通为其导游，凡是寺内的每处殿阁园亭都一一走遍。男子神情专注，庄重肃然，每到一处，听了圆通住持的介绍后，都要频频颔首抚须，若有所思，一副十分虔诚的模样。

　　游完各处，圆通住持将男子请进方丈室品茶，说话间，不觉问起男子的情况，男子说："我姓袁，是江南六合人，一向是候补滇南司马，如今长住家乡休假，等候补缺。上个月的一天夜里，我梦见自己骑着马由一位尊神领着游玩西湖，到了一处寺庙，进去一看破败颓废，心里有些怅然若失，尊神也再三嘱咐道：'你若修缮此寺庙，必受无量福，他日功名富贵都在此一事上，你可不要自己耽误了哦。'说完尊神一闪身不见了。因为此梦，我打点行装匆忙赶来贵地，寄居在昭庆寺前已有半个月，日夜四处寻访以验证此梦，但都没有结果。也真是上天开眼，我三生有幸，今天到了这里一看，果然宛然梦中所游，所以诚惶诚恐啊。"

圆通听了自然暗自欢喜，就汤下面，请求袁大人修葺此寺。袁大人告知，他此行是空手而来，规划与资金等方面并未有所准备，只能等他日筹措妥当时再说了。

这时候，站在外面守候的一个贴身仆人闻声进来，附在袁大人耳边细声说："主人要是真的有意修缮此寺，不如先在海宁张老爷那里暂挪千把两银子，先行开工，然后派遣我等下人赶回六合从家里将所需资金运来，免得主人往返跋涉，辛苦劳顿，主人意下如何？"仆人说的海宁张老爷就是张令，也是六合人，圆通对此也略有耳闻。但袁大人摇头不甚同意："我根本不考虑张老爷那里，他的资金量小，怕是到时候周转不开，影响了我的工程进度呢。"仆人言辞诚恳，再三陈情，圆通也在一旁帮着说话，袁大人犹豫很久，才勉强答应了。

既然事情有了些眉目，圆通便理所应当恳请袁大人在寺内下榻，以便策划修缮事宜，袁大人接受了，于是命令两个仆人去昭庆寺那边拿行李过来。傍晚时分，两个仆人才气喘吁吁地挑着几只沉重的大箱箧赶回寺里，打开一看，箱箧里的各种器具金碧辉煌、光彩夺目，显然是豪门官宦家才有的高档货，把在旁边窥视的圆通也看得有些痴呆。袁大人从箱箧里取出两枚元宝交给圆通，叫他拿一部分钱装修卧室，其余的钱作为他们一干人的食宿费用，圆通客气一番，也就收下了。

第二天，圆通乘人不备，私下向其仆人打探袁大人的底细，仆人悄悄告诉圆通说："老主人一向是扬州的著名盐商，产业巨大，后因老主人病故歇业，家中巨资因主人捐官出仕，花费不计其数，之后主人害怕血本无归，而回到家乡蛰居。如今主要家产还存有典铺二十七处，至于田地、山林、房屋等，一时半会也说不清楚。"圆通听闻大惊，更将袁大人巴结得紧。

二人筹划停当，袁大人便一面写信给张老爷，派遣下人赶赴海宁借银两；一面请有关懂行的人士来商议具体修缮事宜。经过两天测算，整个修缮工程约需六千余两银子。袁大人获知，轻松一笑：

"我以为至少要一万两以上呢，若是只要这么点儿钱，那就容易多了。"圆通听了袁大人这一番话，更是大喜过望。

几天后，派往海宁的信使回寺，说张老爷正值扩大盐业规模，工程正在热火朝天进行中，资金需求量很大，本来难以满足请求，但主人之命不可违，所以先交付五百两银子带去急用，如果再需，去信后陆续发过来。袁大人蹙眉拍额道："我料到这人手段小，果然如此。"于是将五百两银子如数付给圆通后，说："我家里还有事要处理，不能在此待得太久，你现在可以多方购进材料，尽快动工起来，我随即派遣下人回家取银两。"圆通于是召来四里八乡的能工巧匠，首先修缮大殿。袁大人不辞辛苦，每天都到现场监督工程质量，常常废寝忘食。

经过日夜加班加点，大殿修缮工程即将完成。有一天，在修缮现场，袁大人对圆通说："大殿上的几尊佛像虽然原先装了金，但毕竟年代已久，岁月剥蚀，已是灰尘蒙面，昏暗发黑了，我想给佛像重新装金，使大殿内外一新，如何？"圆通心里又是一阵狂喜，表面上却不动声色："不敢过分请求大人了，只要大人愿意就好。"袁大人当即拍板敲定，准备派人去城里雇装塑匠，这时候旁边一个仆人说："小人有位兄长，素来精通这行，现正在湖州装塑，我可以去叫他来办理此事。"袁大人同意了，仆人便火速去湖州请兄长。几天后，装塑匠带着五六个工人赶来。匠人经过细致测算，给众佛像满身装金加上工期二十天，共需银子二千两。袁大人许以一千八百两银子包办，匠人摇头不同意，说是亏得太大了，做不来，袁大人又许以所磨下来的旧金作为补贴，匠人才勉强同意，接了活，把旧金全部磨去，先装如来佛大像。袁大人对圆通笑道："看来我用八千两银子就可以做完这项工程了。"

这一天，袁大人正与圆通在现场监工，忽然一个家人跟跄着前来禀报："太夫人突然患上中风，人事不省，还望主人速回。"袁大人惊闻，一下慌了神，一边命下人收拾行装，一边问来人说："我差遣某人回家取银两，怎么你们不一同前来？"来人答："家中得信后，在门前永昌典当行先发纹银五千两，仍然从河上由镖船护送来杭州，其余银两从南京元昌典当行中支取，随后赶办送来。护送银两的镖船先走，太夫人患病在后，小人报信心急，由旱路昼夜疾奔，所以早到一步，不过计算其路程，此时镖船也应该到达常州、无锡一带了。"袁大人无奈地对圆通表示歉意："我本来想等工程完工才回去，没有料到老母亲患了急病，做儿子的不敢稍有耽误，理当急还。现留下两名能干家人在此照料，等我母亲病愈后，即可赶来了结未完事宜。过几天送到的银子，除了归还海宁张老爷的五百两外，你可以全数收下，赶办修缮工程，至于其他欠缺，即使不是我自己带来，也由家人送来，请尽管放心。"袁大人又手书一封信交给留下的家人说："银子到时，先将五百两银子以及书信送到海宁张老爷处，免得张老爷挂念，其余银两一并交付寺中。"说完，袁大人带着几个仆人，挑了行李，匆匆忙忙赶回家去，箱箧诸物悉数留在住房中。

哪知这一等就是十多天，银子还是未到，圆通正在彷徨不定之时，而装金匠人又来向他索要工钱，圆通哪里拿得出钱来给他，双方话不投机，争吵不休，还差点打了起来。最后匠人对圆通说："既然拿不出工钱给我们，那我们只有先回去了，等银子到时再来装金也不算晚。"说着各自收拾衣装，一哄而散。

第二天，两个仆人借故出游，到了夜晚仍然不归，圆通怀疑二人流连于花柳风月场所，接连几天去这些地方探访寻找，都未见其踪影，于是返回寺中查看他们住的房间，打开箱箧一看，那些金光灿灿的贵重物品荡然无存，只剩下空箱子了。圆通开始有了疑心，但既然他们已经交付了几百两银子，尚不足虑为其所骗，只是想到有可能是这几个仆人合谋挟款逃走了。圆通想来想去，百思不得其解，于是亲自前往六合探访实情，得知确有袁某人为滇南司马，但

现在任所上，其父母久亡，且家境贫寒，并无在家蛰居同时富甲一方之事。即使了解了这些事，圆通还是不能明白他们为什么要这样做。此时，修缮大殿费用已超过一千两银子，除去已给付的五百两外，其余砖灰木石等材料及工钱还缺几百两银子。装修工人三番五次向圆通讨要，圆通难以给付，双方几乎要对簿公堂。圆通被逼无奈，只得变卖寺中财产，偿还债务，才得以安宁下来。

由于佛像装金并未完工，过了一段时间，圆通又雇请本城匠人继续来做。匠人作了仔细考证后，对圆通说："这里所有佛像，修建时都是用泥金涂满全身，额头镶嵌宝珠，如今都被骗子磨掉挖去了。"圆通这才恍然大悟，再翻书考证，原来孙隆当年是为郑贵妃祈福，而耗费巨资进行修建，所以有三世如来文殊普贤阿难伽叶十大弟子、十八罗汉、二十诸天弥勒韦驮之类，共五十余尊佛像，且每尊佛像都长一丈有余，衣服甲胄涂满泥金，而宝珠镶嵌在佛像前额，天长日久，尘垢蒙积，再无人知道其中的奥秘。但唯独此骗子独具慧眼，看到了这笔巨大的财富后，便精心策划，图谋攫取。骗子先以重金作诱饵，暗中刮去金粉挖去宝珠而从容不迫地离开，其所得至少有三万两银子。而且，那些仆人啊、塑匠啊都是同党，海宁借银一说，也不过是诡辞罢了。骗子的圈套思路清晰、前呼后应、环环相扣，如此骗术也算是神乎其神了。

圆通一阵痛心疾首之后，慢慢冷静下来，见众佛像深凹处还有金粉未刮尽，就叫匠人再将金粉磨取下来，拿出去卖了好几百两银子。接着又发现十大弟子之一的佛像前额间还留下一颗宝珠，上面还贴有一张字条："留此珠及诸像身上余金，用以装修诸像，并完殿工，庶免我等之罪过。阿弥陀佛！"圆通取下宝珠一看，竟大如龙眼，再用清水洗净，则光芒四射，售出又得到近千两银子，用这两处银两重新彩装神像，及至完工，钱还绰绰有余。

完工那天，圆通给众佛像叩头无数，泪流不止。

# 神奇的魔术

中秋节这天，沈又村先生家门口来了两个人，一个老头，一个小女孩。老头拉着小女孩，肩背一个布袋，在门外跟别人说话。老头自称是琼州人，携全家人从外地返回故里，途中遇海风翻船，妻子和儿子都葬身大海，仅自己和小女免于灾难，如今漂泊难归，乞望乡亲略施舍几个，以助父女二人回归家乡。如若得助，恩同海深，永世不忘。围观者不信，厉声斥责他，老头不服，争辩起来，喧闹声直达沈又村内室。

正在屋内看书的沈又村听见吵闹声，出来问是何故，老头迎上前自我介绍，说他能玩出种种新奇魔术。沈又村听了，就叫老头进自家大院中试演，而且言明："如果真的新奇好看，一定重赏。"

老头向沈又村鞠了一躬，脸上欣然若喜，笑吟吟地打开布囊，拿出两块红手巾，两块石头，又拿出一把小锄，掘地一尺来深，将石块分别埋入挖好的两个坑中，取了一块红手巾覆盖在上面。接着用清水灌溉，顷刻间只见泥土翻起，石头芽生出来了。老头灌溉越是勤快，石芽生长越快，渐渐分了枝节，又穿破红手巾而出。很快长得越来越高，枝繁叶茂，大院中竟长成了两棵玉树了。所覆盖的红手巾，自发芽时已裂为碎锦，挂在石枝上面，变为红花。片刻之后，红花纷纷谢落，片片都是红玉。老头拾起来，一一送给沈又村家里人，其家里人接过红玉，各自给了赏钱。老头一一谢过，谦恭之极。

这时候，再看树上，已是果实满挂，这些果子碧圆莹滑，非李非杏，不知到底是什么果子。老头又从布袋中取出一个竹筐，叫小女孩攀爬上树，将树上的果子摘下，盛在竹筐中，下来分赠其家人，家人接过又各自给了赏钱。老头叫小女孩拜谢过，便用竹筐击打玉树三下，那树忽然越缩越小，并渐渐没入泥土中，没有一点痕迹。沈又村家人一齐鼓掌称妙。再拿出红花果子来看，又还原成布屑石子了，都感到十分惊奇。

老头再鞠一躬，笑道："小人还剩下一点薄技，干脆一起献丑算了。"于是拿出一只朱漆盘，上书"聚宝盆"三字，老头叫沈又村家人投物件到其中，说投一个可得一百个。沈又村夫人半真半假地将金簪投进去，老头拿起向西方摇了三下，再展开一看，朱漆盘里果然装满了金簪，何止一百只。老头将其送到夫人面前，看着都与真的一模一样，竟看不出哪一只是自己投进去的真金簪，干脆一起收藏起来。夫人心情大悦，再赏给老头五千钱。老头千恩万谢，背了布囊，牵着小女孩离去。

不一会儿，夫人拿出金簪一看，哪里还是金簪，全都变成了芦梗，而真金簪已不见了影子。沈又村派人前去追拿，但二人早已不知去向。沈又村拍着脑门，摇摇头，一声苦笑："到底是这老头的魔术出神入化，还是我把书读蠢了？唉！出丑啊！"

# 鸟语的秘密

## 祸起柳林

这天清晨，睡梦中的沈秀被一阵叽喳不休的鸟叫声吵醒，他睁眼一看窗外，天已大亮，慌忙下床胡乱穿上衣服，提了鸟笼去郊外的柳树林里遛鸟。

沈秀的鸟是一只画眉，这是有钱人才玩儿得起的把戏，沈秀当然也不例外。沈秀的父亲沈必显是青州织造大户，家资丰盈，声闻远近，沈秀是家中独子，父亲放纵，母亲溺爱，从小既不读书，也不跟父亲学习织造手艺，成天只是四处闲逛，斗鸡玩鸟，惹是生非，其中最拿手的玩意儿就是斗鸟。沈秀的画眉，珍贵稀有，世间少见，他甚至能听懂鸟语，跟画眉交流思想感情。沈秀带着这只画眉四处玩耍戏斗，方圆四城八镇竟无一只鸟能斗得过它，极大地满足了沈秀的虚荣心，也为他挣得不少银子，因此他视画眉为心肝宝贝，珍若性命，形影不离，还专门做了一只金丝鸟笼，配上黄铜钩子和绿纱罩，每天五更提着鸟笼去城外的柳树林遛鸟，跟其他画眉一较高下。

哪知昨晚跟一帮朋友喝酒多贪了几杯，头昏脑涨地睡过了头，以至五更早过，当沈秀提着鸟笼前来时，遛鸟的同行已是人去林空，鸟声绝迹。

此时，天色虽已大亮，林子里却是阴沉空荡，只有沈秀一人在里面转悠。他把鸟笼挂在柳树上，调教了一会儿画眉，由于无人观

赏，无鸟应和，自觉索然无味，打算就此结束遛鸟，回家了事。哪知刚想从树杈上取下鸟笼，小肚子一阵剧烈绞痛袭来，他"哎哟"一声坐到地上，接着又一阵剧痛袭来，他再次惨叫一声后昏死过去。原来，沈秀从小就有小肠疝气，每隔一段时间就会发作，每次发作都会疼昏过去，虽然多次医治，钱也花了不少，但不知怎的总不见好，该发作时照常发作。这一次也不例外，加上来得迟了，心情郁闷，疝气发作也就更快更猛，说来便来，迅即倒在地上失去了知觉，不省人事。

正在这时，一缕阳光破雾而出，照亮了阴暗的柳树林，也照亮了进入柳树林的一个老汉。老汉名叫刘宏发，家住东山村，以编筐为生。这天早上他挑着一摞编好的筐去青州城里贩卖，路过柳树林，远远看见一棵柳树下好像躺着一个人，便三步并作两步，凑近一看，果然是一个衣着华丽脸色蜡黄的青年人蜷曲成团，昏倒在地。他放下担子，正要对小青年施以援手，却听一声婉转动听的鸟声从头顶传来，抬头一看，原来是一只身形漂亮的画眉。刘宏发大喜过望，眼前闪过一道白花花银子的亮光，哪里还顾得上躺在树根下的人，手一伸将鸟笼拿了下来，一边把玩着嘴里还不住地叫"好鸟"，提在手里挑着担子便走。不料此时沈秀恰巧苏醒过来，睁眼看见有人要夺走他的画眉，这不等于要了他的命吗，哪里肯依，挣扎几下想爬起来，但身体虚弱动弹不得，只勉强伸出一只手拽住刘宏发的裤脚："王八蛋，光天化日之下你要抢我的鸟吗？门都没有！"刘宏发裤脚被拽住，还遭辱骂，即刻气急败坏，心想我要硬将鸟笼取走，他一旦恢复过来撵上我反而吃亏，不如索性作个了结。于是恶向胆边生，从腰间抽出编筐用的篾刀，一把按住沈秀的头，一使劲竟将头生生切了下来，骨碌碌滚到一边去了。刘宏发看看刀，再看看旁边的头颅，第一次发现他的篾刀比菜刀砍瓜切菜还快，一阵寒意凉透脊背，一屁股坐到了地上。

片刻后刘宏发回过神来，四下张望一阵，见无人发现，慌忙起身捧了头颅找地方埋藏，恰好看见不远处有一颗空心柳树，他想都没想，跑过去将头颅塞进树洞里，然后把鸟笼装进筐里，篾刀擦干净别回腰间，挑上竹筐一溜烟跑掉了。画眉在筐里发出尖厉的叫声，随着刘宏发越走越远。寂静的树林里，只留下一具无头尸身。

刘宏发进了城便直奔花鸟市场，刚放下担子拿出鸟笼，就有两个京城来的客人过来打探。看上画眉的是一位名叫周小冬的客商，他看着笼子里活蹦乱跳、一嘴人话的小鸟满面欢喜，小心翼翼地问刘宏发："多少钱可卖？"刘宏发看着周小冬痴迷的样子，早吃准了他的心思，伸出三个指头道："三两银子可卖。"其实刘宏发编筐一天不过得二三十分银子，随口说出个高价是准备用来讨价还价的，哪知周小冬是个爽快人，一口应承下来，当即掏出三两银子放到刘宏发手里，提着鸟笼走了。

刘宏发得了这意外之财，筐也不卖了，挑着担子一溜小跑回了东山村，进到屋里，把大门一关，唤来妻子，从怀里摸出银子，"老婆子，快来，我发财了！"然后把他如何得来这三两银子的过程添油加醋说了一通，四只黑眼睛看着三两白银子，自是欢天喜地，至于惨死在城外的沈秀，早被夫妻二人忘记得一干二净了。

## 李代桃僵

第二天早上，几个来柳树林遛鸟的人发现了这具横躺在地的无头尸身，都吃惊不小，慌忙前去知府衙门报了案。知府郭中洲迅即亲率有关官吏和仵作前来勘查现场。结果很快出来，死者全身并无一处伤痕，只是没有了头。询问周围的人，竟无一人认得。有人说死者衣着华丽，应该是一个有钱人，但马上有人反驳，青州历来是富饶之地，经济发达，商贾云集，有钱人多如牛毛，光凭衣着哪能

判定身份。郭中洲一听不无道理，于是将尸身覆盖，一面派出捕快搜索凶手，一面四处寻找死者家人。

却说沈秀的父母一直不见儿子回来，急忙叫人去各处寻找，都无果而归。直到第二天中午才听说城外柳树林发现了一具无头尸体，沈必显慌乱赶去辨认，一到现场，仔细看了衣服鞋子和手脚特征后，果然认出就是自己的儿子，立即抱着尸身痛哭起来。

然后，沈必显赶赴知府衙门报案，据实禀告无头死者就是自己的儿子。郭中洲见死者家属是有了，但死者的头颅尚无影踪，而要想找到死者头颅的下落，必须先抓住凶手。据此，郭中洲命令各地巡查捕快务必在十日内抓捕杀人凶手。

沈秀母亲得知独子死讯，哭成一个泪人，几次昏死过去。沈必显耐心陪着妻子，直到她稍微平静下来，才去买了一副棺材将儿子尸身收敛，抬回家置放在后院空房子里，只等抓住凶手，找回头颅，便可告慰儿子，入土为安。

然而五天过去，凶手仍未抓到。沈必显急了，跑去知府衙门询问郭中洲，郭中洲也正为此案满面愁容，焦急万分，不知从何处下手。见到沈必显前来打探案情，眉头一皱，计上心来，"你看该做的我都做了，捕快也尽了力，既然凶手不肯自投罗网，我等不如另辟蹊径，所谓重赏之下必有勇夫，你我各出五百两银子，凑足一千两整，以此悬赏捉拿凶手如何？"

"好啊，正合我意，就这么定了。"沈必显求之不得，莫说各出五百两银子，就是一千两银子全由他出也行。接着，沈必显又表示个人再出八百两银子作为寻找儿子人头的悬赏，以便尽快安葬儿子，郭中洲对此当然赞同。

告示既出，全城轰动，人们围在各处告示前议论纷纷，各抒己见。但桥归桥、路归路，绝大多人对这堆白花花晃眼的银子只能闲说而已，却无福消受。

　　却说这悬赏人头之事被西坡村的黄老头得知，他想了一宿，天刚麻麻亮，就急忙叫醒两个儿子大毛和二毛："你们听着，现在有个发财的机会，不知你们有没有胆子做？"两个儿子都是又呆又傻、好吃懒做的穷光蛋，听说有财可发，都腾地坐起来，眼里放光。大毛先开了口："杀人还是放火，你说了算！"二毛也接上了嘴："你是老大，我们听你的。"黄老头笑道："果然是两个要钱不要命的畜牲，我算是找对人了。是的，我就是叫你去杀人！"两个儿子异口同声："杀谁？"黄老头又笑道："杀我！"

　　两个儿子吓了一跳，都以为老头疯了，倒回床上继续睡觉。黄老头二话不说，从门后抄起一把扫帚便劈头盖脸打过去，两个儿子都惊叫着跳起来。黄老头丢了扫帚，从口袋里掏出些碎银子扔到床上，"赶紧去买些酒肉回来，吃完好干正事，要是被别人抢先做了，那笔横财就飞了。"

　　两个儿子虽然不明就里，但听说有酒喝有肉吃，马上精神抖擞了，揣着银子进城买来了酒肉。一阵锅碗瓢盆乱响，酒肉端上了桌，爷仨放开肚皮吃喝开来，酒过三碗，大毛和二毛已是天昏地暗，早将黄老头清晨的一番话忘得干干净净，正要牛饮第四碗酒，黄老头的两只手按住了大毛和二毛面前的碗，说："酒要喝，事也要做，喝完酒，别忘了割掉我的脑袋！"

　　大毛试图拨开压在碗上面的手，但黄老头丝毫不肯退让，大毛有些恼羞成怒："割你的头有个屁用，拿来当夜壶不成！"

　　二毛干脆拿起黄老头的酒喝掉，说："老鬼你是不是想找死啊，屋后的思柳河又没有盖子，要去趁早，免得耽误我们喝酒！"

　　"唉，孽种啊，报应啊。"黄老头长叹一口气，终于说起原由，"昨天我进城卖鱼，听说有个大财主的儿子被杀死在柳树林里，尸身还在，尸首却不见了，现在官府和被害人家属都出巨资悬赏捉拿凶手以及找到人头，捉拿凶手我们没有办法，但人头还是能够找

到的。"

"怎么说?"大毛和二毛都放下了酒碗。

"杀了我,在思柳河边沙地里挖个坑埋上半月,起出来拿去报官,八百两白花花的银子不就到手了吗?"黄老头自己倒是将二毛碗里的酒一饮而尽,"不过你们二个畜牲要等我睡熟了以后再动手,免得我晓得痛。"

大毛和二毛相互对视一眼,也不吱声,一同出门商量去了。

躲在屋后僻静处,大毛从地上拣起一根竹签,一边剔牙一边漫不经心地说:"办法好是好,就是一个爸没了。"

"你这个死呆子,还假仁假义的,真不害臊。"二毛指着大毛的鼻尖骂了一句,转而又说,"反正老头早晚得死,现在弄死他还有些价值。天地良心,又不是我们逼他,是他自己要我们做的。"

大毛歪了脑壳,眼珠子一转,"也好,就算是老头留给我俩的一笔遗产,有了这八百两银子,也不用打渔为生了,买些田买些地再娶几房媳妇,好好过日子。"

二人达成共识,四目一对,笑了笑,回屋继续陪老头喝酒。半响过后,黄老头大醉,一头倒在床上睡了。大毛刚关好门,二毛早已摸出一把锋利的破鱼刀,走到床前,只见寒光一闪,便将黄老头的脑袋砍了下来。尸身埋在屋后,尸首则埋在思柳河边沙地里,以便迅速腐蚀。

## 京城奇遇

转眼过去半月,大毛和二毛想起白花花的八百两银子,心里如猫抓一般,再也耐不住性子,挖出黄老头的头颅,用一件破衣服包了兴冲冲赶去官府领赏。

　　知府郭中洲闻讯出来询问二人："你们是什么人？这头颅是在哪里发现的？"

　　二人说："我们是西坡村人，在思柳河打渔为生。今天我们撒网捕鱼时捞上来一个人头，特地来报告。"

　　郭中洲吃不准这事该如何处置，急忙差人叫来沈必显。沈必显看这头颅似乎已被泥水浸泡多日，膨胀变形，面目全非，到底是不是自己儿子沈秀也吃不准。于是仵作被叫来查验，但仵作拿着那颗头颅在手里观察半天，最后只能判断头颅存在十五至二十天的样子，而这正是沈秀死亡的时间，这样基本可以断定头颅就是沈秀了。

　　身份既然确定，郭中洲也很高兴，一高兴就额外赏了两兄弟一百两银子。收下银子，大毛二毛跟着沈必显到了沈府，将头颅归了身位。沈夫人听说儿子的头找到了，随即安排酒饭，并践约拿出八百两银子作为犒赏。

　　大毛、二毛两兄弟领了赏银欢天喜地回到家，购田置地、造屋修房、娶媳生子，忙得不亦乐乎，红红火火过起了小日子，俨然一派地主小康的兴旺景象。

　　转眼过去数月，无头案仍未告破，沈必显多次催促，郭中洲也几次手令限期结案都无果而终。沈必显虽然身心皆损、万念俱灰，毕竟人不死、粮不断，日子还得过下去，皇粮国税还得照章缴纳。沈必显是京城大机户，定期押送缎匹到京城进贡朝廷。这年又轮到沈必显领受押送任务，他等各小机户的缎匹都预备齐了，到知府衙门领了押解公文，安顿好家中事务便起身上路。

　　几十天后，沈必显到了京城，他把缎匹一一交割，领了批回官凭，本想第二天便打道回府，夜里睡时却想："我来一趟京城不容易，何不趁此机会四处游走一番，也算是不枉此行。"于是，沈必显改变主意，暂留京城，白天到处闲逛，把名胜古迹、寺院道观、市场街巷看了个遍，晚上才回客栈歇息。

这天，沈必显偶然从御用监的禽鸟房门前经过，看见里面鸟语花香、热闹非凡，别有一番洞天。沈必显也是个爱鸟懂鸟的人，见里面养着大量各种各样的鸟，便有心进去观赏一番。他给了看门的二两银子，悄悄溜进去闲看。也是天意，在众多的鸟声中他忽然听到一只鸟叫得特别响亮，便驻足细看，然而不看则已，一看着实吃了一吓，他看到的竟是儿子沈秀养的那只画眉。那画眉颇通人性，见了沈必显愈发兴奋，在笼子里活蹦乱跳，还频频点头致意，叫声也是一声高过一声，既清脆又凄厉，如人语一般，似乎在诉说着什么。沈必显见了这般情景，痛苦的回忆一下涌上心头，想起可怜的儿子沈秀，悲从中来，不禁失声痛哭："苦命的儿啊，你死得好惨哦！"管禽鸟的校尉见了，一声大喝："呸！你这厮真不知好歹，也不看看这是什么地方，胆敢在此撒泼！"沈必显并不理睬校尉，只顾自己哭诉喊叫，声音也越来越大。校尉怕沈必显闹出什么事来，连累了自己，只得把此人拿了，送到大理寺衙门。

大理寺开堂审案，衙役刚将沈必显押上堂来，大理寺就一声断喝："大胆狂徒，竟敢私闯皇家禁地，知罪否？"沈必显哭泣道："小的知罪，然而小的有冤情要报。"大理寺说："有冤情快报，便饶了你。"沈必显于是把儿子沈秀被杀、身首异处、画眉失踪等过程详细说了一遍。沈必显的说法得到了大理寺的认可，管禽鸟的校尉被叫来询问，校尉说画眉是一个叫周小冬的人进贡的，接着周小冬被拿来是问。

周小冬刚到堂上，大理寺已是怒目圆睁，将惊堂木一拍，"大胆狂徒跪下！"周小冬猛然受此惊喝，膝盖一软，跪下了。大理寺喝道："你为何将沈必显的儿子沈秀杀死，却又将他的画眉拿来进贡。快快如实招供，免受皮肉之苦！"周小冬辩称道："大人明察，小人并不曾杀死沈必显的儿子沈秀。此事说来话长，前几月我去青州做生意，在城里遇见一个编筐的老头，他提着一只画眉在市场上叫卖，我见那画眉生得漂亮，叫得精彩，很是欢喜，没有怎么讨价还价就以三两银子的高价买下画眉，回京即进贡上用，并不曾犯下了什么人命。"大理寺哪里肯信，厉声批驳道："你还狡辩，这画眉就是活生生的物证，还是从实招供的好。"周小冬哀求道："小人确实是从编筐老头那里买来的画眉，不曾杀人，还望大人明鉴。"大理寺冷笑道："既然你是从编筐老头那里买来的，那么那老头姓甚名谁，家住哪里，你如实告知本官，待我将他拿来，问个清楚明白后，自然放你。"周小冬叫苦不迭，"小人是在市场遇到那编筐老头的，做点小买卖哪里会问对方姓名和哪里人氏，冤枉啊！"大理寺又是一声冷笑："真是不见棺材不掉泪，想用狡辩来蒙骗本官，你打错了算盘。来人，给他尝尝夹肉棍的味道！"衙役正闲得手痒，听说有活干，都兴奋起来，棍棍棒棒使得一丝不苟，一招一式特别认真，没有半点弄虚作假的意思。周小冬本是一商人，白皮细肉，文质彬彬，哪里吃过这亏，一顿暴打下来，早已皮开肉绽，奄奄一息，几乎扛不过去了，提将起来再审，立刻招了，"我见画眉是一只好鸟，心里欢喜得很，想与沈秀买下，但沈秀不肯，情急之下杀了沈秀，掠走画眉。"

人证物证俱在，又有自供状，周小冬被判有罪，大理寺一面将周小冬打入死牢，一面具本上奏朝廷，不久圣旨下："沈秀确系周小冬所杀，有画眉为证，依律处斩。"大理寺释放了沈必显，并将画眉发还，一并放回原籍；杀人犯周小冬押送市曹斩首，悬头三日。

案子审结，沈必显收拾行李，带着画眉，日夜兼程赶回青州，将这一消息告诉了夫人，夫人得知略感欣慰，然而见到画眉，睹物伤情，免不了一场大哭。

## 寻觅元凶

自从画眉回家，沈必显每日都去后花园的鸟屋看望这只儿子生前的宠物，坐在旁边的藤椅上，一待就是二三个钟头，痴痴地望着活蹦乱跳的鸟儿，只剩下无语的叹息，从画眉清丽婉转的叫声里，他听出了急于倾诉的意味，它那几个不断重复的音符似乎想告诉他什么，但他无论如何都听不懂，它有一个秘密，可是无法告诉他。

过了几天，沈必显提着画眉去知府衙门注销案子，将他在京城的巧遇奇事给郭中洲又说了一遍，郭中洲听了十分欢喜，"真是你的造化，无意中就把你的案子给破了。既然凶手已伏法，你儿子也可以入土为安了。"沈必显深以为然，择个吉日，做了一场法事，把儿子沈秀埋了，总算了结一桩心事。

哪知一波未平，一波又起。却说曾与周小冬一起去青州做生意、亲眼见证周小冬买画眉的商人张仁得知其冤死的消息后，心中愤懑不平，决心趁再次前往青州经商的机会找到卖鸟人，以证周小冬之清白。

张仁到了青州，仍在城中客栈住下，将生意打理好后，便四处打探那编筐老头，一连找了三天，都没有着落，第四天早上又去农贸市场碰运气，恰巧遇到一个卖筐的，上前一打听，卖筐的说："在青州城里卖筐的都是东山村人，依你所说的那人模样，不是村西的李老头，就是村东的刘老头。"

张仁谢过，径直往城外东山村而去。先到村西找李老头，走进李家院子一打照面，看到李老头并不是他要找的人，旋即转向村东头。到了刘家，只见一个老太婆在家做饭，便问："是刘宏发家吗？"老太婆答："正是，不过老头子不在家，出去做事了。"张仁转身离去，刚出村口，遇到刘宏发迎面走来，拦住便问："可是刘宏发君？"刘宏发点头答道："本人正是，找我有事？"刘宏发不认得张仁，张仁却认得他。见刘宏发上钩，张仁就汤下面，"我店里需要许多筐，你家里可有现成编好的？"刘宏发见来了一笔大生意，乐坏了，忙不迭地说："有啊，要多少有多少。"两人一边走一边说，眨眼工夫又到了刘家门口，刘宏发要请张仁进去吃饭，张仁抱拳致谢："不叨扰啦，我明日早上再来。"刘宏发说："客气了，既然如此，我明日不出去了，专等你来。"张仁别了刘宏发，径直赶到知府衙门，鸣鼓申告，郭中洲闻讯而出。听完张仁的叙述，郭中洲吃惊之余，表示无法相信，"沈秀的案子，已经水落石出，凶手也已伏法，没必要无事生非，再纠缠下去了。"

张仁知道这知府是个中庸之人，多一事不如少一事，无事找事对自己没有任何好处，便直言不讳道："大人哦，小人虽是一介草民，却也明事理辨是非，知晓礼义廉耻，如今路见不平，特为朋友周小冬讨还公道，还望大人为我们做主！"

郭中洲虽谙明哲保身之道，但毕竟不是一个昏官，知道事关重大，故意隐瞒案情将罪责难逃，弄不好还会罪加一等，丢官送命都不一定，因此顿时警觉起来，问道："你说的可是实话？"

张仁拱手道："小人哪敢在大人面前胡说，小人保证句句实情，如有半点虚假，天打五雷轰！"

郭中洲见张仁说得声泪俱下，情真意切，当即派出捕快衙役跟着张仁前去捉拿刘宏发。

此时，已是夜深人静，刘宏发躺在床上，正做着发财美梦，哪知祸从天降，一条铁链将他锁个结实，一直把他拖到监牢里。

第二天早上，知府郭中洲升堂审案，衙役从牢里带出刘宏发，押到堂前跪下。郭中洲心平气和，话如温吞水一般，"刘宏发，仔细想想，自己到底做了什么伤天害理之事，想起了赶紧老实交代，免得皮肉受苦。"

刘宏发跪在地上瑟瑟发抖，苦想多时，已然将他杀人割头、夺鸟卖钱的事情忘得一干二净，只得惶惶然反问郭中洲："小人本分守法，从未做过伤天害理之事，知府大人何出此言？"

郭中洲听闻，耐心尽失，脸色骤变，猛地将惊堂木一拍，大喝道："大胆刁民，无耻恶徒，竟敢愚弄本官，来人哪，给我先打五十大板，让他醒醒脑子长长记性！"

五十大板下去，刘宏发好像得了脑膜炎后遗症，依旧冥顽不化，愣想不起那桩杀人越货的事情来。郭中洲见这家伙是个花岗岩脑袋，不敲成碎片不知道疼痛，只得重刑责罚，以期警醒，"拿夹棍来，不招的话，夹死为止，看他到底想不想得起自己杀人卖鸟的事！"

刘宏发听说要用夹棍刑，已是极其恐惧，又听到知府有关"杀人卖鸟"的提醒，总算明白了几分。但明白归明白，明白也要揣着明白装糊涂，只低头做聋哑状，沉默不语。然而不由他细想，夹棍已上身，还来不及求饶就昏死过去。醒来时，全身已是皮开肉绽、鲜血淋漓，眼看熬不住了，只有大声求饶。郭中洲示意暂停，然后走到刘宏发面前冷笑道："事到如今，你不承认也由不得你了，你看看那边是谁？"

## 鸟语揭秘

刘宏发抬头一看，一旁站着两个男人，其中一个男人手提一只鸟笼，笼里有一只画眉。细看之下，两个男人都面生得很，但那只画眉他是认得的，还因此得过三两银子。

奇怪的是，画眉见了刘宏发那张脸，立刻变得焦躁不安，上蹿下跳，还发出歇斯底里的尖叫声，而且不断重复每天对沈必显唠叨的那几个词，那鸟叫声谁也听不懂，但都隐约听出了某种弦外之音，刘宏发更是大汗淋漓，几欲闭气。

"人证物证俱在，说与不说由你。说了，你会死；不说，你还会死，可能会死得很惨，皮肉之苦也是免不了的。"郭中洲回到案前，惊堂木一拍，又是一声大喝，"快说!"

刘宏发神经终于崩溃，忙不迭地叩头求饶，"我说，我说。"于是把他杀死沈秀、藏匿头颅、盗鸟卖钱的过程一一供出。

见刘宏发交代不甚详细，有故意避重就轻的意思，郭中洲忙追问道："你把头藏哪里了?"

"小人本不想杀死他，不料用力过猛，竹刀又锋利，慌乱中竟把那人的头割了下来，恰巧见旁边有一棵空心的柳树，想都没想就放了进去。"

郭中洲得知头颅藏匿处，即刻率衙役押着刘宏发前往事发地寻找头颅。经刘宏发指认，衙役把一棵空心柳树锯断，随着众人一声惊呼，一颗头颅露了出来。沈必显一见，果然是儿子沈秀的头颅，立刻放声大哭。

带着证物回到知府衙门，先将刘宏发打入死牢，严密看管，转头再问沈必显："既然现在你儿子沈秀的头找到了，那么大毛、二毛拿来的头又是谁的呢?"沈必显说："这还不简单，把二人拿来一问不就明白了。"郭中洲点头称是，旋即派人把大毛、二毛捉拿来府审问。

大毛、二毛兄弟俩在堂前跪下，心里有鬼，不免惊慌，面对知府大人的责问，支支吾吾，不知如何应答，只一会儿便汗如雨下，洇湿了地面。郭中洲见二人硬挺着不说，也不着急，一边喝茶，一边叫衙役在旁边用火炉烧烙铁，兄弟俩见状熬不住了，先后如实招供了他们杀害父亲、冒领赏银的经过，不过，他们都把责任推给对方。大毛说："是二毛的主意。"二毛说："是大毛的主意。"

郭中洲冷笑一声说："兄弟本是同根生，大难临头各自逃，逃?往哪里逃? 谁也别想逃! 赶紧交代你们父亲遗体埋藏处才是正经!"

大毛、二毛争先恐后地说："父亲尸身就埋在自家屋后地上。"郭中洲又率人押着兄弟俩前去取证，在其屋后空地一阵挖掘，果然挖出了黄老头遗骸。于是，大毛、二毛杀害父亲罪证确凿，打入大牢，等候判决。

至此，全案告破，真相大白。案件审结后，青州知府郭中洲向皇上奏报全案经过。不久批文传下，审理周小冬一案的大理寺官贬为庶人，发配新疆；刘宏发、黄大毛、黄二毛不义之人凌迟处死，曝尸三日；平民周小冬因冤屈死，情实可怜，赏抚恤银一千两，免除子孙差役。

秋斩之日，刘宏发、黄大毛、黄二毛被分别押在囚车上，游街示众，之后悬于东市，按律令凌迟处死。

处斩这天，万众围观，全城空巷，沈必显也特地提着画眉前去观看。

此时，夕阳西斜，秋风萧瑟，卷起无数黄叶，拥集成堆，落到三具渐凉的尸身周围。观众散尽，唯有沈必显和他手中的那只画眉还呆在原处，夕阳的余晖将他的背影拉得很长。沈必显一动不动，眼光越过三具丑陋的尸体，放逐到远方。笼中的画眉仍发出那种奇怪的尖叫声，如歌如泣，在晚风中传得很远。忽然，一团巨大的乌云从天而降，雨点般扑向地面的三具尸体，原来是成千上万只小鸟赶来啄食，只眨眼工夫，三具尸体竟被啃个精光。

沉静中的沈必显猛然明白了那鸟语的意思，画眉反复唠叨的其实就是这句话。沈必显笑道："真是只好鸟，既晓天理，还通人性！"说着打开笼门放鸟，画眉却视而不见，并不出笼远走高飞。

回到鸟房，画眉彻夜不眠，放开歌喉唱了整整一宿，第二天清晨便精疲力竭而死。

沈必显将画眉厚葬在儿子沈秀墓旁，碑刻鸟语五字：

"拉出去喂鸟！"

# 第三辑　笑傲江湖

# 飞侠靴子李

　　某年，宝中堂由四川总督的任上回到京都。有一天晚上，月明星稀，清风徐来，树影斑驳，兰麝芳香。面对如此良宵美景，宝中堂不禁心情大悦，唤仆人在后厅摆了酒菜，与自己最宠爱的小妾开怀痛饮。酒至微醉，宝中堂被爱妾撩拨得心旌摇荡，便急急拥了爱妾回到内室，准备上床云雨一番。

　　忽然，门帘被一阵急遽的冷风掀起，一个侠客模样的汉子用手中的剑撩开门帘，大步闯入了屋里。宝中堂尚来不及反应，侠客已经在屋中间立定，忽地屈了一条腿对宝中堂拱手道："中堂大人好吗？"

　　宝中堂此时方才大惊失色："你是什么人？深更半夜到我这里干什么？"

　　侠客说："小人由成都一路护送大人回到京都，乘今晚无人到此拜见大人。"

　　宝中堂轻蔑地"哼"了一声，脸上挂满嘲笑。

　　"大人一定以为小人在胡说八道吧，那么敬请大人仔细回忆一下就明白了。"侠客起身继续说道，"当时，由成都起程，途中到了一地，夜宿于一大户人家。大人与主人痛饮之后，搂着一个雏妓上床睡觉。大人当晚兴致极高，颠鸾倒凤，夜不成寐，索性借着雏妓的鲜嫩手臂当枕头睡，又嫌其头钏搁在大人的脑后睡不安稳，竭力要雏妓脱下，并将头钏放到枕头边。第二天早上，头钏不翼而飞，

当时由于时间紧迫，来不及寻找就匆匆忙忙赶路了。大人，你说是不是有这件事？这只头钏就是小人拿来代为保管了，目的不过是作为小人一路护送大人的一点直接证据罢了。"

说着，侠客从衣袖里拿出那只头钏，掷到桌子上，头钏撞击酒杯的声音叮当脆响，极为刺耳。宝中堂见到这只头钏大吃一惊，平时足智多谋的他一时间也失去了主意，只好惶惶然问道："那么，你想干什么？是要求我办什么事情吗？"

侠客说："是的，我只是请求中堂大人赏一点路费让我回到四川。"

宝中堂问："你想要多少钱？"

侠客笑道："十万八万不嫌多，三千五千不嫌少。小人请求大人赏赐，怎么敢有过分的奢望呢？小人唯命是从就是了。"

宝中堂说："给你五千两白银如何？"

侠客点头表示了谢意。

宝中堂沉思着转了几个圈，手捻着银白胡须说："然而，现在家中没有这么多的现银，怎么办呢？"

侠客又笑："这个不难，就在这间屋子的夹层中，暗藏了许多箱子，那个外面有标识的箱子里，就装有很多的黄金，大人何不开箱取出三百两黄金给小人。"

宝中堂听侠客说得句句在理，只得无可奈何地打开箱子，取了三百两黄金给侠客。侠客接到手上，立即从腰间解下包袱仔细地包好，将剑背到肩上，再次拱手致谢。宝中堂则一声冷笑，乜视着侠客不说话。

侠客正准备走人，忽然看到桌子上摆了一只灿然夺目的白玉鼻烟壶，不禁眼里放光，指着鼻烟壶说："这只鼻烟壶太好了，但是不知道它的味道如何？"

宝中堂再次鄙夷地乜视侠客一眼，神情满是不屑："难道像你这样的人也懂得这种雅趣么?"

侠客淡然一笑:"的确如此,小人虽然不才,对此却有一点爱好。"

说完,便拿过鼻烟壶作吸嗅状,之后又装模作样地点头颔首道:"好烟,好烟,但来不及细细品尝。这样吧,小人我想借回去品尝三天,到完璧归赵的时候,把它作为小人多年收藏的佳品给中堂的寿礼,以答谢大人的恩赐,怎么样?"

宝中堂说:"你真是一个小人,你想要拿去便罢了,何必要找个由头骗人呢?"

侠客笑道:"中堂大人所赏赐黄金小人表示万分感谢,但借用的鼻烟壶到时候一定还回,决不食言。"

言毕掀开门帘准备离去,宝中堂见状,急忙叫住侠客:"喂,你等一下,我还有一件事忘记问你。"

侠客转过身来,淡淡地笑道:"中堂大人是想问小人姓甚名谁吧?"

"正是。"

"禀告中堂大人,小人姓李,还没有取名,平时我等一辈因为小人喜欢穿短靴,大都叫我'靴子李'。中堂大人如果明日告知步军统帅和五城御史缉拿小人时,千万莫要忘记说小人的名字。"话音刚落,侠客身形腾空而起,如同鸟儿一般振翅疾飞而去,一时间庭院中树林上的枯枝败叶像急雨一样飒飒落下,很久才平静下来。

宝中堂一夜未眠,待天刚放亮,便急忙差人去报官,叫下人详细告之昨晚的情况和"靴子李"的身材、相貌、声音等基本特征,命令捕役一一牢记。宝中堂又对有关官吏责令道:"你们务必三天内将此贼擒获,到时自有丰厚犒赏,否则全部撤职法办,严惩不贷!"

众官吏都吓得两腿颤抖,面无血色,唯唯诺诺,急忙派出捕役

全城搜捕，搜查持续一天一夜，却一无所获。

第二天，在持续搜查中，有一个捕役偶然在正阳门外某酒肆中见一人十分可疑。此人约四十出头，面部清瘦，脑门宽阔，目光忧郁下视，默然无声，一身短衣窄袖，足蹬皂靴，独自坐在炉子边喝酒。顷刻间几壶酒被喝干，汉子还连连高呼拿酒来。捕役暗中前去仔细观察，果然真是靴子李本人，想前去擒拿，又怕势单力薄，拿他不住，便迅速奔回衙署报告，请同伴一起去抓捕。其中有一个善动脑筋的小捕头说："这不是一个平常人，不能力搏，只能智取。我一人先去会他，对他动之以情，晓之以理，可能还有些希望。你们跟在我的后面，从远处观察情况，以防不测。"

众捕头都说："这办法好！"

于是，小捕头单人单骑直奔那家酒肆，下马进门便作揖道："李大哥好，久未得见，这是从哪里来啊？"

靴子李见了，亲切地攀着小捕头的背笑道："你来啦，正好正好，我已经等你很久了。"

说着，靴子李恭请小捕头坐到自己的上首，提了酒壶给对方杯中斟满酒，戏言道："你真的想问我从哪里来吗？当然不是的，你只是想让我随你同去罢了。"

小捕头慌忙俯首道："小的不敢，不过中堂之命，大哥想来早就知晓了，如果能可怜可怜我们这些底下人，我们就感激不尽了。否则唯有跟随大哥马足的尘埃，一起亡命天涯去了。"

靴子李举着酒杯安慰小捕头："你不要急，如果我真的要拖累你们，早离开此地远走他乡了，何必傻待在这里呢？"

靴子李再次斟满酒，跟小捕头干了，把着小捕头的胳臂走出了酒肆，进了城，直赴刑部。临到堂上，靴子李环顾左右，对捕役说："这是法堂，应该给我上些刑具才合适。"

捕役们于是用刑具缚住靴子李手脚。不一会儿，承审官员升堂审讯，只见其将惊堂木一拍，厉声喝道："你就是靴子李吗？"

"正是在下。"靴子李悠然答道。

"前天夜里抢劫中堂大人三百金的人是你吗？"

"三百金数目不假，但是中堂大人赏赐给小人的，并非抢劫得来。"靴子李仍然神态自如，并无半点慌张。

审讯官嘲弄道："想必那只玉壶也是中堂大人赏给你的了？"

靴子李笑了，"这玉壶是小人借来一用，今天夜里一定送还，所以既非赏赐也非抢劫。"

审讯官怒斥道："你这家伙还在狡辩，等我请示中堂大人后再严办你，到时候少不了你的苦头吃。"审讯官命令众捕役把靴子李关入大牢，众捕役七手八脚费了老大劲才勉强将靴子李拉了下去。

一路拉拉扯扯到了地牢的台阶下，靴子李要求休憩片刻，众捕役不敢不依，只得耐着性子等。靴子李坐在台阶上，从靴子里面取出斑竹烟管吸烟，一边吸一边环顾四周说："看这处地牢颓败不堪，想来历年的修造费用，都被堂司各位官员吞食掉，拿去营造自己的豪华私宅去了。我以后要捐助二百金，麻烦各位费心修葺一番地牢，但眼前恐怕就有犯人要逃走了。"

话音刚落，靴子李一顿足，铁索一一折断，全身上下枷锁如蝉蜕纷纷剥离，稀里哗啦撒了一地。接着，靴子李轻身一跃，即如燕子般落到屋顶，而屋瓦竟无丝毫声响，仅三四转便不见了人影。众捕役相互傻望、摇头咂舌、无可奈何，只剩下懊恼而已。

宝中堂得知，心里明白，今晚靴子李必然造访，不禁惊恐万分，夜不能寐，即令卧室中到处点了巨型蜡烛，照得亮如白昼，又令卫士们持兵器将卧室环绕三圈，围得水泄不通。大半夜过去，平静如常，并未见到靴子李的身影，宝中堂暗中窃喜，以为靴子李不过如此，便渐渐有了睡意。

晨鸡刚叫过头遍，靴子李忽然从房顶上飘然而下，卫士仆从瞪

眼相视，身子却如被绳索捆住，想说话却无法出声。靴子李趋步走到宝中堂面前，从包袱里取出玉壶放到茶几上，表情从容地说："小人前天跟中堂大人已经约定，今晚必定来还玉壶，大人白天何必兴师动众，四处扰民，闹得整个城里鸡犬不宁、人心惶惶，大人太不守信用了。"

宝中堂在床前立定，身不能动，惊恐万状地说："你……你想怎么样？"

靴子李像一尊铁塔耸立在宝中堂面前，表情沉稳，言语犀利："小人将要远行他往，在此有几句话作为临别赠言，送给大人。据我所知，中堂大人当年在蜀中为官时，吏治不修，纪纲坏瓹，臣门如市，贿赂公行。你治下的蜀中一地，时有天灾人祸，又兼你等贪官污吏层层盘剥，苛捐杂税不计其数，黎民百姓苦不堪言。小人前天来此请求中堂大人捐献三百金，原想是中堂良心发现，稍济穷困，以赎前罪；哪里知道大人你见利忘死，区区之数，犹难割爱，人之糊涂昏乱，不过如此了。小人想，中堂上既不畏国法，下也不恤人言，还好，上天有眼，假借我靴子李之手，可以在旦夕之间要你的命，使你有所畏惧而不敢肆行无忌。中堂大人如果日后稍微知道后悔，从善如流，做些好事，才有可能保住你的脑袋不掉。否则，李某随时可来取大人的首级而去。中堂大人，请你自爱，李某人走了。"说完作了一揖，一闪身不见了。

宝中堂又惊又怕，整天神思恍惚，茶饭不饮，且症状日渐加重，不几日便卧床不起，继而一命呜呼了。

# 女侠邓剑蛾

邓剑蛾一族世代尚武习武，均以设镖行护商客为业。祖上传有峨嵋剑法，一脉传承，代代相袭。到了邓剑蛾的父亲邓魁，也是武艺高超，威震一方。邓魁是个侠肝义胆、修行很好的武者，曾经为本乡人打抱不平，奋力追杀过盗马贼，引起盗马贼的极度仇恨，最后被暗中算计，诱至圈套里，中伏战死荒野。邓魁之女剑蛾，从小喜欢舞剑，且剑不离身，连睡觉床头都放着一把剑，父亲因此给独生女取名为剑蛾。剑蛾剑蛾，剑之蛾子哟。

邓剑蛾十四岁那年，父亲战死，她继承祖业，仍以镖行护商客为生。起初，有客商前来，看见镖师竟然是一个年少懵懂、如花似玉的小女子，自然踌躇再三，不敢轻易交镖，邓剑蛾见了也不说话，领着客商漫步到屋前一处空地上，瞥见有大雕一类的鸟飞过，立马掏出铁丸，随手一扬，鸟应声而落，每丸出无不中，且都从鸟的眼睛穿过，其余部位完好无损。自此，邓剑蛾声名鹊起，镖单不断，生意仍如祖辈们一般的好。邓剑蛾乃一青春少女，尚未成年，竟可凭借一己之力，以镖业养母，即使有觊觎之心的朋辈也忌惮其神勇，没有人敢轻视她。

一晃几年过去。有一天，邓剑蛾对母亲说："如今火器盛行，武术竞技渐渐不被看好，连强盗所持武器都比我的精良好使，现在唯有以情谊的名义维系这一份平安罢了，若有不受羁绊的强贼与我作对，我父亲的祸害说不定还会重演。娘啊，我们自家的储蓄已可安身立命，何不改行也罢？"母亲同意了。于是，邓剑蛾到偏僻乡下买了些田地，一边种着，一边侍奉母亲，过着日出而作、日暮而归的平静生活。

母女二人蛰居乡村，闭门数年，不谙世事，不知不觉间邓剑蛾已年过二十。此时，正值庚子之变，清政府腐败无能，抗敌不力，俄国侵略军一路南下，长驱直入，很快到了邓剑蛾居所附近一带，周围城镇村庄十室九空，人们扶老携幼，纷纷逃难。邓剑蛾迫于大势所趋，也背着母亲逃往山里。然而，由于母亲年老多病，又加上道路崎岖难行，惊恐交迫，不久便在路途中去世了。邓剑蛾还来不及安葬母亲，俄国侵略军已将邓剑蛾暂避的小村子团团围住，四处俘掠。

这天，在小村子中间空地上，孤零零地站着邓剑蛾一人。时值正午，太阳破雾而出，映照在一袭素色裙服的邓剑蛾身上。只见邓剑蛾面容娇美，亭亭玉立，有若天仙下凡一般，神情波澜不惊，静如止水。俄军众士兵见了邓剑蛾，大为惊奇，眼光中充满贪婪和淫欲，狞笑着纷纷扑了过去。但俄军官制止了众士兵的行为，自己却独身前往，径直走到邓剑蛾面前，要搂抱邓剑蛾。邓剑蛾冷冷一笑，用胳膊肘挡住了，乜斜着眼对俄军官说："如果你能抱起我，我就依了你，随你怎么都行。"俄军官一声淫笑，双手一合，试图将邓剑蛾抱起。本以为抱起一个娇小的中国女子应不费吹灰之力，哪知竭尽全身气力，邓剑蛾却纹丝不动，如同抱着一棵参天大树，俄军官累得满身大汗，更是惶恐不解。不等俄军官反应过来，邓剑蛾轻抖罗裳，俄军官竟被撞出十步开外。俄军官勉强定住，大惊失色，张口怒吼："一个小女子，竟敢如此无礼！反了！"挥手命令士兵上前将其擒获，士兵们得令一拥而上，哪知邓剑蛾岿然不动，而挨近者一一扑倒。俄军士兵前赴后继，如飞蛾扑火，地上倒了一大片，却仍然不能近身。俄军指挥官无计可施，掏出手枪指着邓剑蛾刚要开枪，却被邓剑蛾出其不意夺去，左臂挟俄军官，右手握着手枪，俄军士兵们面面相觑，再无一人敢上前去。邓剑蛾将俄军官扔到地上，还踏上一只脚，俄军官疼得"哇哇"乱叫，哀声乞求放他一马。不久，俄军营中的大队人马闻讯赶到，片刻间绕着邓剑蛾盘成数十圈，将邓剑蛾围得水泄不通，俄军官见状，趴在地上喊道："你们千万不可轻举妄动，唯有议和才有活路，否则我先送命了！"邓剑蛾一只脚踏在俄军官身上，左手握枪，右手把剑，环顾四周，发出一阵阵惊天大笑。

此时，刚得知消息的俄军官夫人匆忙赶来，跪在地上，再三哀求邓剑蛾，言辞举止极为诚恳卑下，俄军中翻译将原话译成汉语告之邓剑蛾。邓剑蛾得知其夫人为军中护士，为人善良，又见其诚心实意，在俄军官和夫人共同指天发誓后，就果断将俄军官放了。

俄军官虽无大伤，却早已心惊肉跳、魂飞魄散了，起身便独自一人落荒而逃。夫人开始以为邓剑蛾为野蛮人，继而见其言辞温婉、通情达理，内心便有了几分欢喜，叫华人仆从告诉邓剑蛾，邀请她一同前往城里游玩。邓剑蛾暗念，不去就是示弱，胆小鬼才不敢去呢，便爽快答应了，随即跟着夫人走了。

两人乘同一辆马车，直奔城里最豪华的西餐馆，俄军官夫人大开夜宴，邀来众多贵宾作陪。邓剑蛾虽出身寒微，却文雅矜持、礼数周全、应酬得体，引来众宾客啧啧称赞，被尊为才女。宴会一直持续到后半夜才结束，俄军官夫人仍用马车将邓剑蛾送回所居小村。

第二天清早，俄军官就派中国役夫六十人来为邓剑蛾安葬母亲，操办丧事。邓剑蛾未置可否，先询问役夫，得知都是俄军抓来的普通百姓，不等带队的俄军官同意，邓剑蛾立即将所有人遣散，并火速赶往城里，找到夫人说："这些人都是我的父老乡亲，我不忍心奴役他们，在此代他们向夫人道谢了，也请夫人不要再给我派人来！"回到小村，邓剑蛾自己挖坑填土，安葬了母亲。俄军官夫

人大为惊叹，对邓剑蛾更是钦佩之至。自此，周围数十里村庄都由于邓剑蛾的缘故得以免除俄国侵略兵骚扰，无不感激。

　　不久，俄军官及全家要拜邓剑蛾为师，邓剑蛾不允，其全家竟行三跪九拜重礼，邓剑蛾还是不允，但勉强答应给他们教授武艺。数月过后，邓剑蛾已能听俄语、讲俄语，且口齿流利如俄国人一般。邓剑蛾又改穿俄装，骑鞍马，每日从俄军营中驰骋往来。当时，俄国以战胜国自居，骄横霸道，傲慢无礼，视中国人如草芥，欺凌压迫，无所不及。邓剑蛾目睹此状，心情愤懑，悲痛难抑，但知道仅凭一人之力并不能救劳苦大众于水火之中，因此只将仇恨暗暗埋藏在心里，也不多言。久而久之，邓剑蛾与俄人妇女界日渐熟络，才知道俄国人中还有波兰人、芬兰人、犹太人等混杂其中，这些人都是亡国之人，都有光复祖国的志向，邓剑蛾便和这些人交往密切，并多有暗中联络。

　　这时，护士中有一位波兰籍女士，年四十余岁，与邓剑蛾关系尤好，彼此甚为投机。邓剑蛾教授俄人武艺，往往只是教些皮毛而已，并不将真功夫拿出来，唯独对波兰女士认真传授，悉心指点，久而久之各以心事相告，于是友谊更为深厚。

　　波兰女士有一个儿子，二十多岁，在俄军中担任队长。此人身材魁梧，举止威严，早年毕业于柏林大学，通晓拉丁语、英语、法语等多国语言，尤其精通数学，且善于领兵作战，外表望去凛然不可侵犯，而语言却温文尔雅，如翩翩文人一般知书达理。一天，队长与母亲波兰女士一同遇到邓剑蛾，波兰女士为儿子作了介绍，队长近前稍作端详，随即惊呼："这不是中国人吗？怎么倒像极了我的宝兰啊！"邓剑蛾不知宝兰是何人，就问波兰女士，女士说："宝兰是我儿子的未婚妻啊，她父亲被政府冤杀，宝兰也悲痛而死，我儿子至今仍然对她念念不忘呢。"邓剑蛾自知失言，勾起了这对母子的伤心事，便惭愧地低下头不再说话。几天后波兰女士来请邓剑蛾教授她儿子武术，邓剑蛾说："我不教男弟子的。"竭力推脱，但仍然与波兰女士交往频繁，也偶然与其队长儿子见面。队长喜欢狩猎，枪法精准，时常有所斩获，一得到猎物便馈赠邓剑蛾。邓剑蛾开始客气而礼貌地拒绝，后来与之熟悉了，又渐渐接受了西方礼教，也就不再拒绝队长的馈赠。此时，与邓剑蛾最先熟识的俄军官夫人见她与别人交往日多，心生忌妒，又怀疑邓剑蛾只向她传授了些花拳绣腿，并未将独门绝技拿出来，便渐渐疏远了邓剑蛾。一天，俄军官夫人见波兰女士母子与邓剑蛾一同在餐馆吃饭，且窃窃私语，不知说些什么，很是神秘的样子，于是出了门就到处散布谣言，说邓剑蛾与队长已经订婚了。夫人所说虽子虚乌有，然而邓剑蛾想到人言可畏，从此便故意回避，不再经常与波兰女士及队长儿子来往。

一天深夜，邓剑蛾已经熟睡，忽然听到一阵急促的叩门声响起，起床开门一看，漫天大雪中，孤零零地伫立着那位波兰女士。她嘴里喃喃自语，神情悲戚，面如死灰，瑟瑟发抖。邓剑蛾忙将波兰女士迎进屋内，刚坐下，波兰女士已泪下如雨，边哭边说道："我已死定，还有什么话好说呢？"邓剑蛾再三追问才得知，原来波兰女士的儿子是虚无党人，担心自己祖国即将灭亡，图谋光复故土，振兴人民士气，于是投身俄国军队，暗中将此主义灌输给军人，不料被俄军方面觉察，并搜得有关谋反的文件资料，随即召开军法会议，审讯定罪。由于事实清楚，证据确凿，已被军事法庭判处死刑，三日后将押赴刑场，执行枪决。幸而因其部下平日感情深厚，特来秘密相告。波兰女士说着，早已泪流满面，泣不成声："我……我丈夫已死去多年，儿子是我的唯一希望，如今天塌了下来，只有投江一死了之。唉，也罢，不说了不说了！"邓剑蛾乍一听大惊，也是惊慌失色，六神无主，继而冷静下来，沉思良久，安慰道："夫人不用慌乱，我一定想办法救你儿子。"波兰女士叹了一

口气说："事已至此，还能有什么办法啊？"邓剑蛾说："办法当然是有，不过需要一些人的帮助才能救得了你儿子。夫人刚才说，你儿子颇得军心，深受部下爱戴，而且能够拼死出力。既然如此，夫人何不前去一探虚实，天亮后我们再碰面商议，可否？"波兰女士同意了，于是邓剑蛾迅速戎装着身，装枪佩剑。准备妥当后，二人出来，邓剑蛾即反阖屋门，与夫人匆匆分道而去。

这几天以来，俄军司令部因为抓获叛党首要分子，早已戒备森严，三步一岗，五步一哨，所有人员想要出入，都必须经过详细盘问，层层换发通行证方可。最内层有精兵三十人，荷枪实弹，守卫在囚犯密室周围。密室四周都是高墙，并挂满铁丝网，高墙上架着楼梯是唯一通道，人出入都必须爬楼梯，且人一旦已出入，即刻撤掉楼梯，那密室果真如天然地窖一般。守卫之严，怕是连只苍蝇都逃不走。

时值数九隆冬，雪大风狂，天寒地冻，俄军士兵衣多单薄，想用烧酒取暖，又害怕被军纪惩戒，因而抱怨之声不绝于耳。叛党要犯已在密室中关了两天两夜，并无一点异常动静，而第三天天亮后即将押赴刑场枪决。这天半夜，值守的士兵又困又冷又饿，只好扎堆成一团，背靠背互相取暖。忽然，一股暗香从墙壁缝隙幽幽袭来，如麝香如兰花，却又似是非是，无可名状，士兵们都昏昏欲睡，如梦似幻，恍惚间见一白衣人从面前经过，想起身问问来者何人，而口舌手足都不能动弹，接着所有士兵均一一睡死过去。过了很久，士兵们又被一一冻醒，急忙去密室窥视，那叛党要犯已经不见了影踪。士兵们都慌了神，迅速报告司令部。俄军统帅闻讯大惊，询问守卫密室的三十名士兵，回答口径一致，都说未发现异常情况，再问把守各门的卫兵，也说不曾见有人出入。唯有一个名叫普加诺夫的大尉反映，他养的芬兰犬半夜时分忽然冲向门口一阵狂叫，他惊醒而起，到门口观察了一会儿，并没有异常状况，重新躺下尚未睡着，而狗吠声又起，当时就感到非常惊讶，很可能叛党要犯就是此时逃走的。于是，俄军中很快有人怀疑到了邓剑蛾，立即派大队人马前去抓捕，但早已是人去屋空，只余几件衣物而已，邓剑蛾、波兰女士及其队长儿子三人已不知去向。俄方急通电沿途各地，把紧路口，严加盘查，又派重兵四处搜查，试图将三要犯缉捕归案，然而终无结果，最后不了了之。

过了几年，中国新兴思想渐起，革命运动风起云涌，各地起义频频，便有夫妇二人相携从美洲赶来广东参加起义，并做了起义军参谋。不久，有人认出了那个脸如朝霞、眉似柳叶、身手敏捷、风姿飒爽的俊俏女子就是邓剑蛾，而此时的邓剑蛾风采仍然不减当年。在起义军中，邓剑蛾更是身先士卒，奋勇杀敌，一连打了好几个胜仗。见国事渐定，形势趋缓，邓剑蛾夫妇拒绝了高官厚禄及优越的生活待遇，坚辞离去。

从此，邓剑蛾再未归国，亦不知所终。

# 童侠庄小庄

有一个叫万永元的汉子，身材魁梧，孔武有力，曾拜少林寺孤云住持为师学武，他以拳腿棍棒功夫称霸江湖，自诩为"万人雄"，从其习武者数以百计。

民国九年的一天下午，万永元在东塔寺教授徒弟武艺，看热闹的人围了里外三层。万永元看着众多的围观者，更是春风满面，得意洋洋，不停地炫耀自己的武功。观众们看得如痴如醉，不时爆发出一阵阵欢呼声和鼓掌声。

然而，在一个不起眼的角落，有一个老汉牵着一个约十来岁的小孩儿，看了一会儿，老汉对小孩笑着说："此人的手法拳腿倒有些来历，但习艺不精，破绽太多了。"有观众听到了，很是不屑，急忙告诉了万永元。万永元听说后，横着步子走到老汉面前，轻蔑地打量一番，口气傲慢地说："你是什么鸟人，胆敢来嘲笑我！是不是活腻了！"老汉连连抱拳致歉，言明只是随意说说而已，绝无嘲笑的意思。但万永元不依不饶，声色俱厉地要老汉下跪赔罪，否则不让走。

此时，在老汉身后的小孩儿实在看不下去了，一闪身站到了万永元面前，指着万永元愤然说道："你的功夫确实不怎么样！说错你什么了？就你这么点儿花拳绣腿也敢来开馆授徒，真是可笑之极！刚才我父亲偶尔说了几句，你却愈发骄横，我才不怕呢。你说吧，你到底想怎么样？"老汉频频用目光暗示那孩子，意思是叫他不要多事。但小孩儿似乎不肯罢休，仍然跟万永元争辩。

万永元想不到这屁大的小孩儿还敢跟他顶嘴，真是有眼不识泰山，心里老大不快，便有些店大欺客的蛮横："嘿嘿，就你这么个小屁孩儿，也配跟我犟嘴。光磨嘴皮子有什么用，我问你，敢不敢跟我比画几下？"

小孩儿笑道："有何不敢！只是此地过于逼仄，难以施展拳腿，且时已近夜，不如另约个时间为好。"

此时，已是夕阳西沉，黄昏薄暮，确实不是比武论技的好时候。万永元看看天色，歪头一想，同意了小孩儿的提议。双方约定第二天上午到教场比试武艺。临走前，万永元问其姓氏籍贯，老汉答说，他们姓庄，长乐雉山人，因女儿将出嫁，故携小儿子庄小庄来镇上买些嫁妆。东西买好放在船上，本想今晚乘船回去，如今要留下来，只得迟归一天了。说定后，双方告辞而去。

随后，万永元派人尾随观察，果然看见一条船停泊在宣公楼畔，而且还有两个随来的人在船上。船上二人见老汉和小孩儿回来了，正要解缆摇桨开船，老汉叫他们不开了，说是约好了明天还要跟镇上的万师父切磋武艺。在船上安顿下来后，老汉仍然不断地抱怨庄小庄多事，以致滞留在镇上不能回家。抱怨归抱怨，老汉对第二天比武较技之事却闭口不提，既不提醒，也不商量，好像没事儿一般，而且吃过饭后很早便在船上歇息了。派出的探子回来将情况一一告知万永元，万永元听了有些纳闷，想了很久才说："这到底是个什么角色呢，敢来跟我斗。"然而，说归说，嘴里硬，心里却陡然多了几分警惕和小心。

第二天上午，万永元在诸徒弟和众多观众的簇拥下迈着方步到了教场，看到老汉与小孩儿早已到了，心里又有些纳闷，想还未到约定时间啊，来这么早干什么？庄小庄看到了万永元，立即迎上前去对他说："我们想早点儿回去，在此等候你很久了。你想比什么

呢？比力气？比拳腿？比棍棒？比刀枪？比弓剑？反正你想比什么都行，我们唯命是从，愿意领教你的功夫。"万永元见庄小庄样子羸弱且稚嫩，便想以力取胜，于是说："先比试力气如何？"庄小庄用稚嫩的声音答道："遵命！"

教场上有一个石礅，中间凿一圆洞，重约四百余斤，是军队操练时用来竖大旗的。万永元走过去，站好桩，运了口气，一声大吼，两手将石礅抱起，一口气走了十多步才掷到地上，围观者啧啧惊叹。老汉见了不动声色，叫庄小庄去应付，庄小庄不过一孩童，人小石大，抓起石礅仅可离地数寸，因而碍脚不能提着走，只好放回地上，然而双手抓的地方，手指已插入石头约有半寸，石屑纷纷扬扬落下，观众都骇然。但老汉似有不满："孩童不中用哟。"暗暗向庄小庄使了个眼神，庄小庄心领神会，双手提起石礅，一把掷向空中，落到地上陷进去至少有一尺，接着又提起，放回原来的地方。

万永元见第一招未占上风，暗想自己拳法无双，天下无敌，便要比试拳脚。老汉说："我的筋骨很久没活动了，辗转运动有些困难，而且手重，唯恐伤到您，叫我小儿子可以了。小庄，你就站立在此，由他来攻击你好了。"庄小庄得令，便若无其事地站在演武厅的月台上，万永元拳脚相加，腾挪跳跃，竭尽所能，千方百计要击倒庄小庄，而拳脚将击中庄小庄身体时，庄小庄并不举手挥拳，只是微微摇动其身，万永元不知不觉已退出二丈远。老汉急忙摆手道："算了算了，你还是注意点，免得跌伤了。听说你平日习武的功夫不浅，现在还想比试什么呢？"

万永元又要比试棍棒。老汉仍叫庄小庄出场，而且再三叮嘱不可伤人，庄小庄唯唯诺诺，站着等万永元来攻击。眨眼间，两棍飞舞，宛若游龙，看得观众眼花缭乱，看不清谁是谁。忽然，"咯"的一声脆响，一棍飞起，高冲数丈，落到了饮马池中，再看万永元已两手空空了。万永元惭愧之至，作了一个揖，对老汉说："我习武多年，自谓无敌，今天输给你们，我口服心服了。不过，我有一个疑问，你们到底师从何人，武艺如此精妙?"

老汉笑了笑，不肯明说，只是打了个拱手作别。这时候，恰好有两只斑鸠在旁边的一棵大树上叽喳不休，老汉对庄小庄说："正愁船中无菜下饭，何不取这两个小东西做午餐?"庄小庄应诺一声，从怀中取出两支小箭，手指套上铁环，将箭夹在其中，而分别用手指抵住，箭去如飞，转瞬间两只斑鸠一一坠地，庄小庄捡拾了，与老汉从容离去。

万永元将父子二人送到河边，随船二人已操桨等着开船，见状便问老汉输赢如何，老汉答道："万君身怀绝技，我们不是对手啊。"说着与万永元握手珍重道别，同庄小庄上船。船行在河中，快如奔马，顷刻已不见踪影。万永元回来后精神恍惚，一睡多日。后来，万永元见到师父孤云住持，说起跟庄小庄父子比武较技之事，孤云听了大惊道："这是我的师叔师侄呢，他们的武艺绝非我辈可比，我师父都略逊一筹。幸好他们都在神坛前发誓永不伤人，所以你才没有受伤，否则你早被废掉了。"听了此话，从此万永元不再习武授徒，改以商贩为业。

若干年后，庄小庄却违背誓言，大开了杀戒。此时，已是抗日硝烟四起，烽火连天，庄小庄也成了八路军中的一员猛将，多次杀敌立功，一把大刀片子使得出神入化，威风八面，令敌人闻风丧胆，谈其色变，多次围剿追杀庄小庄都未成功。后由于叛徒告密，在一个月黑风高之夜，日军终于将庄小庄一干人等围困在一处小院中，子弹打光了，战士们都牺牲了，只剩下了庄小庄一人。鬼子们狞笑着围拢上来，试图活捉庄小庄。庄小庄站在院子中间，面对着团团围住的鬼子毫无惧色，挥舞着那把大刀一口气连砍 17 个鬼子，扔掉卷了刃的大刀，又赤手空拳杀死 9 个鬼子，最后连中数十弹，大笑一声，倒地身亡。此为后话。

# 力侠胭脂虎

民国十二年，山阳镇集市上来了一个僧人，高颧深目，浓眉如漆，须发蜷结，相貌凶恶。每天上午，僧人手持一只大铁鱼，重达数百斤，在集市上化缘。

僧人化缘时，每走到一家店铺就开始敲击他手中的大铁鱼。化缘的数目看他敲击大铁鱼的次数，次数越多，价钱越高，而价钱的多少是由店铺的生意大小来决定。若是其中有人表示不满，僧人则将大铁鱼在其货柜上不断敲击，声震屋瓦，经久不息，店家必须满足他的要求才作罢。小商小贩们都非常害怕他，不敢不给钱，更无人敢跟他作对。

一天，僧人依旧到集市化缘，一路走过来，店主们看到他，都乖乖把钱奉上。然而，走到一家店铺门口时，僧人见店主人稍有迟疑，不太爽快，二话不说，把铁鱼"砰"的放在柜台上，只听"咔嚓"一声，木质的柜台被砸出一个大洞。店主人无可奈何，只好乖乖地拿出钱来，奉送到僧人面前，恭请他收下。哪知僧人将店主人伸过来的手一挡，横眉冷眼，高声喝道："今天要我离去，非要十倍钱不可，否则我生生世世不走了！"众人见僧人如此横行霸道，都愤愤不平，但又无可奈何。

正僵持不下时，店内一个因事外出的小学徒回来了，见僧人与主人发生口角，问是什么原因，有人便将事情告诉了他。学徒笑道："此事容易啊。"说着取来鸡毛掸子在柜台上轻轻一拂拭，铁鱼掉到地上，发出一声闷响。僧人大惊失色，倒剪双眉，眼珠凸出，恶狠狠地怒视一阵学徒后，弯腰拾起铁鱼悻悻然而去。周围的人都纷纷称赞学徒神勇。

学徒之所以神勇，是缘自他的父亲。学徒的父亲师从少林寺，精通拳腿，生前将自己的所有本领传授给了学徒的姐姐。这姐姐素有神力，绰号"胭脂虎"，乡人都对她又敬又怕。学徒的父亲去世后，他跟随在姐姐家生活。闲暇时候，胭脂虎经常将从父亲那里学到的武功传授给弟弟，外人都不知道。出了这件事后，店里人对学徒说："看这个僧人的情形，对你已经恨到了极点，你要是还待在这里，怕是要大祸临头了，是不是躲一躲？"学徒听从劝告离开了店铺，暂避在他姐姐家中，并将事件始末告知了姐姐，姐姐听了很忧虑，对弟弟说："这恶僧受到羞辱，必定想要报复，终究避不开。"于是加紧给弟弟传授武功。

过了一个多月，苦练武功的学徒以为自己功力大长，不再害怕僧人，也不躲躲藏藏了。一天，学徒外出游玩，路过萧寺，听到里面传来舞刀弄剑声，便走进去观看，恰巧僧人也在场。僧人望着学徒，乜斜着灯笼眼，冷笑道："你我久不相见，我倒是很想你哟，现在你来了，好得很，这里场地又宽，观众又多，就此比试一番如何？"学徒一口答应："可以！"僧人看到旁边的平台上放置着两个铁丸，大如斗篷，僧人首先上去，一只脚站在一个铁丸上，然后对学徒说："你我轮着来，我看你年纪小，让你先出拳，我后出拳。谁从铁丸上跌下去，谁就输了。"学徒应诺，用手运气，尽平生力量猛击僧人胸部，僧人身子晃了几下，勉强站住了，再看他脚下，铁丸的一半已经陷进砖里面了。僧人缓过气来，笑道："你就这点本事啊？好好，你也受我一拳。"说着，僧人伸手将铁丸起出，重新放好，叫学徒站上去，学徒二话不说，也站到了铁丸上。僧人以手运气，以脚运力，左右旋转一阵，忽地一跃，离地尺许，在空中出

手，一掌猛击学徒胸口，学徒连着晃了四五下，勉强站住没有跌下，但脚下的铁丸已经跟着脚向后移去三尺远，铺地的砖头下陷成两条小沟。僧人说："你这小子还有点儿功力，但七天后你的性命难保了！"然后扬长而去。

此时，学徒感觉胸口隐隐作痛，急忙飞奔回家，把刚才的事告诉了姐姐胭脂虎，胭脂虎大惊："这是死拳，幸好你趁早回来，否则没有救了。"说着赶紧拿出药丸叫弟弟吞下，又问道："这僧人也太歹毒了，此仇不可不报，现在他人在哪里？"学徒说："刚刚离开寺庙，应该还走不远。"胭脂虎听了，疾步而去，果然在路上遇到了僧人，胭脂虎拦住他问道："刚才是谁伤了一个小孩儿？"僧人说："就是我！"胭脂虎说："你知道胭脂虎吗？"僧人说："听说是一个女力士。"胭脂虎笑道："既然听说过，还不赶快低头领死。"僧人大怒："我堂堂大力金刚，岂能惧怕你一女流之辈！"旋即飞起一禅杖击向胭脂虎，胭脂虎不慌不忙，伸手接住禅杖，一把夺过来，双手左右一拧，禅杖竟弯曲成麻花状。胭脂虎把禅杖扔到地上，用手轻轻拍了拍僧人的肩膀说道："去吧去吧。"僧人顿时感觉疼痛难忍，急忙落荒而逃。

僧人逃到一棵大树下歇息，就再也没有起来。黄昏时分，有胆大者前去一看究竟，发现僧人已经七窍流血，一命呜呼了。

# 神功僧忠亲王

僧忠亲王身强力壮，孔武有力，以英勇善战著称，在历代亲王中实属罕见。他性格豪爽，广交朋友，大凡发现有一技之长的，都想方设法将其招至自己麾下，以礼相待。

僧忠亲王官邸毗邻通衢，西面为繁华集市，每天从清晨到傍晚，肩扛手提的，卖鸡贩鸭的，人来车往，川流不息，热闹非凡。其中有一个卖羊肉的小贩，是回族，蓝眼睛高鼻梁，长相不像本地人。看门人每天早上会见到这个小贩推着装了羊肉的独轮小车，自亲王府前经过，径直往西去集市上卖羊肉，傍晚时则原路返回，日复一日，已经习以为常了。一天，小贩卖完羊肉，自集市返回，经过亲王府门前时，眼见日头尚未落山，便放下独轮车小憩一会儿。亲王府门前有二座石狻猊（传说中的一种猛兽），各高五尺，分列大门左右，披发怒目外视，若是夜晚过路人多半会受到惊吓。这天，小贩就站在亲王府大门右侧的石狻猊旁边，抽出插在腰间的短烟杆，将烟斗塞满烟丝，点了火嗞嗞地吸着，而且边吸边伸手拨弄衔于石狻猊口中的石丸，石丸在小贩的拨弄下发出吱吱嘎嘎的声音，刺耳难听，且持续时间很长。玩了好一阵子，小贩对看门人嘲笑道："听说王爷爱好武艺，门下力士如过江之鲫，多了去了。不知道现在住府中的有几人，武艺如何啊？"看门人鄙夷地瞥了小贩一眼，转过头去，不予理睬。小贩不肯罢休，继续说刻薄话挑衅，看门人听得有些厌烦，便转身走进院子里去了。不久，看门人出来，一看

小贩已经离开了，而大门右侧的石狻猊面部却朝向里头了，再看左边的石狻猊，同样如此。看门人大惊失色，明白是小贩存心要耍自己。本想报告亲王，却又不敢，害怕受到亲王斥责，面子上过不去。于是慌忙叫来六七个身强力壮的汉子，打算把石狻猊移回原位，然而一群人"咿呀咿呀"吼了半天，喊声响彻四周，把吃奶的力气都使出来了，而石狻猊却纹丝不动。六七条汉子用尽了力气，累得不行，便纷纷坐在地上歇气，还一边交口称赞小贩，惊异小贩的好功夫。正说话间，亲王从外面回来，见状便问怎么回事，看门人嗫嚅着嘴将情况告诉了亲王，亲王问："此人现在什么地方？"看门人答道："走了很久了，此人是个卖羊肉的小贩，明天一定还会从这里经过的。"亲王说："若是明天见到小贩，叫住他，我有事情要跟他说。"

第二天早上，小贩果然推着装了羊肉的独轮车从府前走过，看门人赶紧叫小贩停下来稍等，进到府内禀告亲王。

亲王独自走出大门，看到小贩，上下打量一番，随即手指左右两只石狻猊问道："这是你干的吗？"小贩诚惶诚恐，伏地求罪。亲王摆摆手，微微一笑，说道："不要害怕，如果你真有如此大的力气，请将我的两只石狻猊仍旧放回原位，我赦你无罪。"小贩听了，也不吱声，站起身来，将衣服袖子捋到胳臂上，缓缓走到大门右侧的石狻猊旁边，侧身轻蔑地看了看石狻猊，右腿弯曲，身子半蹲，慢慢从石狻猊腹下插入右臂，稍一发力，石狻猊离地而起，与肩膀齐平，身体略微旋转，随即放下，石狻猊果然回归原位，分毫不差。刚刚将右侧的石狻猊放好，小贩便直奔左侧的石狻猊，眨眼工夫这只石狻猊也安放妥当了。亲王见状，连连称赞说："不错不错。"接着，亲王走到小贩的独轮车旁，看着车上的一堆羊肉，说要买羊肉，叫看门人去取二斤羊肉钱来。当时，京城肉价很低，每斤羊肉不过三十钱而已。看门人拿了钱出来，亲王从看门人手中取了，将钱夹在二指之间，伸手给小贩。小贩上前，伸手去取，但那钱却矗立如小铜炮，两个手指上下抵住，竟然纹丝不动。于是小贩并拢四指握住那钱要扳动它，扳不动，再用两手，最后解脱挽车的绳索，一头拴在亲王手中的钱上，一头背在肩上，极像纤夫拉纤的样子，但即使小贩身子着地用尽气力拉，亲王手中的钱却岿然不动。此刻，只见亲王略一振臂，手背青筋条条毕露，两指如弩张开，中空似半月。数十个铜钱不胜拇指压迫，竟然在二指间咯咯作响。小贩夫独轮车上的绳索由于使用年月已久，已经有些腐朽，由于小贩用力过猛，竟然可以听到有绳索的撕裂声在他脑后作响。小贩夫满身大汗，气力将绝，却不知危险地仍然弯腰倾力前拽。亲王担心小贩拉断绳索扑倒在地，跌破脑壳，流血受伤，于是急忙叫他停下来。小贩停住，气喘如牛。亲王笑着将钱把与小贩，小贩接在手上一看，那铜钱十个有九个变成了齑粉，脸色遽变，大惊失色，立马跪伏于亲王面前，对亲王的神功赞不绝口。

亲王笑着将小贩扶起，又叫看门人拿出十贯钱作为赏赐，小贩接过钱，拜谢而去。

由此，僧忠亲王声名鹊起，威震一方。

# 智取燕子尾

燕子尾是一个远近闻名的飞贼，因其双手能在空中抚弄嬉戏的燕子之尾，故而得名。

当年，峨眉山中有一老道，研习剑术数十年，终于练成雌雄双剑，其技法天下无二。据说老道的雌雄双剑可以任意在空中翻腾飞舞，凡遇到者都惨遭肢解，血肉横飞，因而能横扫千军，自己却毫发无损。然而老道极为小心谨慎，秘而不宣，从未将此绝招示人。

有一天清晨，老道开山门出来打扫积雪，却见门边睡了一小孩儿，衣衫褴褛，蜷曲成团，嘴唇乌紫，已被冻得奄奄一息。老道顿生怜悯，抱起小孩儿，收入寺中。小孩儿天性敏慧，聪明活泼，明事晓理，对老道言听计从，深得老道喜爱，于是将自己平生技法尽数传给小孩儿。十年后，小孩儿长大了，知道师父有雌雄双剑，却收藏起来，从不让他看，便屡次请求师父让他长眼，但师父不许，还斥责他说："雌雄双剑是神器，神器自是不可乱用，乱用则会招来杀身之祸。有矛必有盾，如果使用了神器，必有破解办法！"小孩儿口中诺诺应允，心中却暗生不满，在一个月黑风高之夜，杀死睡眠中的师父，偷了雌雄双剑逃出寺外，放浪形骸于江湖间，为盗为匪，上抢官宦，下劫民间，既掠财物，亦贪女色，老百姓都称他为"燕子尾"，谈其色变。因燕子尾神出鬼没，来去无踪，官军围剿，武林高手捕杀，都无果而终。

某年春夏时节，有一钦差大臣携带家眷出京游玩，船在洞庭湖上行走，一家人兴致很高，尽情观景说笑。钦差大臣偶尔打开窗户眺望湖面，忽然远远见到一人凭空乘风踏浪而来，衣裾翩翩飘舞，却并不沾半点水滴，钦差大臣恍惚间以为神仙到来，一时间惊恐失色，不知所措。那人径直上得船来，昂首挺胸站在船头，笑容满面。钦差大臣忙上去问道："你是何人？"那人答："我叫燕子尾。"钦差大惊："你就是那个远近闻名的盗贼？"燕子尾笑道："正是。但今天我来这里既不是向你索要金银，更不是讨要财物，实话实说吧，我只要做你的女婿就足够了。从此刻起，限你三天之内，将你的小女送到我的住处来，使你全家免于灾难。如若不从，我一定先杀死你，然后再抢走你的小女，到时候你后悔都来不及。"说完，仍然转身踏浪而去。

老谋深算的钦差大臣又惊又怕，不知所措，一瞬间愁得又老了几岁。一天后船到武昌，钦差大臣慌忙召来总兵，命令道："你必须即刻铲除燕子尾，否则严惩不贷！"总兵得令，急忙传谕各府各县，要求限期抓获燕子尾，否则一律革职查办。然而，各府各县都犯了愁，平日都害怕见到燕子尾，唯恐避之不及，现在却要前去抓捕，谁都不是燕子尾的对手，弄不好搭上小命不说，还要连累家人。钦差大臣正一筹莫展时，总兵传来一个消息，说有一个老捕头，颇知剑术，有些能耐，但如今退隐乡下，不肯出来相助。钦差大臣闻讯，领了总兵前往乡下拜访，老捕头千般推辞，最后踌躇良久才说："我本人确实无能为力，我只能向你们推荐一个红衣女子，此女子精通剑术，本领高强，善于降服燕子尾这类妖孽，你们可去找她。"钦差大臣又领着总兵按老捕头提供的地址找到红衣女子，请她擒拿燕子尾。红衣女子听后摇头道："我与燕子尾素来无冤无仇，也无能力擒拿他，如果你们真要降服燕子尾，我去五台山请我师父下山，才有可能战胜他。"其时五台山有一老道，是红衣女子的师父，也是燕子尾的师叔，这老道得知师兄被燕子尾所杀，很是气愤，但

又不肯亲自出面给官府充当打手，只对徒弟说："我不必亲自下山，我教你一个方法即可。"说着拿出一面小圆镜。对徒弟耳提面命一番，红衣女子领命而去。

三天后，红衣女子找到燕子尾，拿出那面小圆镜，挑逗似的在燕子尾面前晃了晃，燕子尾虽然武艺高强，轻功超群，却是个地道的色鬼，哪里见得这般靓丽脱俗的美少女，早已神魂颠倒，不由自主地跟在红衣女子后面走，一直走到总兵府，钦差大臣及总兵已经在厅堂中守候，见燕子尾果然被红衣女子引来，厉声问道："你就是燕子尾吧！你的末日到了，还不跪下受死？"不等燕子尾回答，钦差大臣即命令兵士捕快上前捉拿燕子尾。此时燕子尾才恍然大悟，回转神来，大喝一声，双剑飞舞，电光闪烁，只眨眼工夫，钦差大臣和总兵都被削掉了脑袋，兵士捕快也死伤不少，红衣女子正要拔刀相助，燕子尾却一闪身上了房顶，腾空而去。

红衣女子不得已仍去五台山向师父讨教，师父听了哈哈大笑，红衣女子听着师父的笑声也明白过来："师父这是在借刀杀人呦。"师父摇着头说："天机不可泄露，出家人慈悲为怀。"师父又说："这小妖孽仗着雌雄二剑四处横行，要想除掉，必须人剑分离方可。"接着师父再次对徒弟吩咐一番，徒弟仍然领命而去。

下得山来，红衣女子暗访数日，终于探得一名妓与燕子尾关系狎昵，很是得宠，随即将千金送给名妓，并说："这个飞盗燕子尾，对你终究是个祸害，如果你肯帮助我一起擒拿他，可转祸为福。但他有雌雄二剑在身，所以很难一下制服他，要是将其二剑与身体分开，则如同燕子被剪除了翅膀，我就很容易拿住他了。你要想办法骗取二剑，插到便桶里。他来时，我就潜伏在门外，时机一到，你大咳一声，我马上破门而入，捉拿燕子尾。"名妓踌躇再三，终于勉强同意了。

几天后的一个深夜，燕子尾果然来到名妓房中，于是名妓故意向燕子尾撒娇道："我与你相处这么长时间了，却都未能尽享欢愉，就是由于害怕你的二把剑哟。今夜何不把剑交给我，由我藏起来，以便让我们尽情享受快乐啊？"燕子尾迟疑了一下，还是解下身上二剑交给名妓。名妓从剑筒里抽出二剑一看，长不过三寸罢了，但寒光闪闪，冷意逼人，便乘燕子尾不注意时，插到便桶内，还坐在上面撒尿。一番云雨之后，名妓两手紧抱，大咳一声，躺在床上的燕子尾猛然惊觉，说道："我今夜丧命在此了！"立刻翻身而起，双手抓住名妓的两腿，一声大喝，名妓已被撕成两半。旋即红衣女子夺门而入，一剑穿喉，燕子尾当即毙命。

红衣女子携二剑向师父复命，"师父，您这可是一箭双雕啊！"师父双手合十，嘴里还是那句老话："天机不可泄露，出家人慈悲为怀。"

红衣女子到了山下，无意中一看手掌，发现掌心竟然多了几个字："妖孽须诛，贪官必除！"

红衣女子大笑一声，飞奔而去。

# 夫妻退贼记

有一对青年夫妻，男的叫明浩，女的叫秀梅，都刚二十岁出头，儿子还在襁褓中。这年夏天，夫妻俩从龙州起程回老家，带着十余个随从，乘船浩浩荡荡沿江而下。他们的行踪被盗贼发现了，动了杀机，贼头四狗领着十几个手下驾一只小船跟随在明浩夫妻的大船后面，打算在中途行劫。但明浩老成精明，洞悉了盗贼的企图，天一亮就开船，还未晚即停泊，而且必然停泊在人烟稠密的地方。离明浩老家仅剩一天路程时，盗贼们苦于无处下手，打算放弃这桩买卖，打道回去，但四狗不同意，分析道："这小夫妻长途旅行非常辛苦，一回到老家肯定疲倦得很，我等不如乘其疲惫不堪时做上一手，也免得我们千里相随，却双手空空回家。"其他小盗贼都深以为然，纷纷表态愿意跟从。

明浩夫妻回到家的当天晚上，四狗等盗贼们见其门庭寂静无声，想他们是疏于防范，于是等各家各户灯火熄灭、夜深人静时，十数人悄悄翻上围墙，打探动静，准备找合适时机潜入明浩家院子里。

盗贼们看到明浩夫妻卧室仍然灯火通明，光亮透出窗户外面，都屏声静气倾听，果然听到明浩夫妻正在逗儿子玩耍。四狗一伙盗贼有个习惯，凡是到了要偷盗的人家，都必先探明主人的胆量勇气才决定进退。这次四狗也像往常一样，用手中的砍刀拍拍围墙，发出当当的响声，以此观察室内的明浩夫妻是否张皇失措。哪知室内的人听了，随即吹灭灯火，一时寂静无声，好像已经安然睡下，不曾听到外面动静一般。盗贼们不明就里，互相望着，弄不懂明浩夫妻葫芦里卖的是什么药，谁也没有胆子下去。

突然，卧室房门猛地打开，明浩和秀梅先后出来。明浩黑布裹头，身披一短袄，腰间束一条黑绫，左手举一只火把，右手操两把板斧；秀梅装束相近，只是用红绫将裙裾两边前幅掖起拴在腰间，左手也举一只火把，右手则持两把利剑。夫妻俩一出来，明浩急将火把插在左边廊檐的凹槽里，手持两斧面向东边站着，秀梅也将火把插在右边的凹槽里，双手各持一剑面向西边站立，背与背相抵。刚一站定，明浩便用板斧指着围墙说："下来罢。"盗贼们大惊，面面相觑，谁也不敢先下去，四狗没有办法，只得硬着头皮战战兢兢先下去。秀梅见到四狗落地的狼狈状，淡然一笑，回头望着明浩说："原来是几个小毛贼，你一个人跟他们玩玩够了，我困得很，不奉陪了。"随即收起手中双剑，拿着火把回屋去了。明浩面色和悦地向盗贼们招手，盗贼们无奈，只好一一跳下围墙，明浩笑道："瞧你们这点儿本事，哪里用得着我的板斧，哈哈，不知你们到我家来有何贵干？"四狗哆嗦着上前说道："公子如此能干，我们还有什么想法呢，我们服你了。唯有一件事请公子谅解，我等跟了公子夫妻上千里过来，只想弄些吃喝而已，并不想谋财害命。如果公子能够体恤我等，赏两个小钱让我等回家，不至于流落他乡客死在外就好。"明浩说："这不过区区小事，钱我可以给你等，但你等必须站在这里别动，否则我一点儿钱都不会给你们。"说完，明浩收起双斧，拿了火把进屋，门也随即关上。不多时，门又打开，明浩健步而出，手拿着一大袋钱，走到台阶下，把钱扔到地上，说："拿了这些钱，你们可以回家了，出去的时候小心点，别惊动了我兄弟。"然后转身回到屋里，关上门，睡觉去了。

当初四狗等盗贼两手空空而来，壮着胆子才能翻墙而进，现在得了一大袋钱，加上被主人恐吓，双腿发软，哪里还翻得过围墙，只得由大门出去了。到了大门口，突然听到旁边的屋子里有人喝道："谁啊？"四狗等盗贼想，你睡觉了还在吵什么，我等还怕你不成。四狗一声吆喝，"兄弟们，冲出去，冲出去就是我们的天下！"众盗贼高喊着一齐冲向大门，准备打开门一拥而出。但此时一个人拦住了去路，众盗贼一看，站在他们面前的不过是一个十五六岁的小孩子，手拿一根棍棒，身材瘦小，满脸稚气，四狗见状喝道："给我上，我等大风大浪都见过了，还怕一个毛头小孩子不成，说出去让人耻笑。"众盗贼一拥而上，但片刻间都被击倒在地，呻吟不止。四狗上前动武，只一招便被打趴在地，动弹不得，慌忙向小孩子求饶，复述了明浩说的话，其余盗贼也帮着证明。小孩子笑道："这门是由我来把守的，想出去要经过我同意啊。既然是主人发了话，我就不留你们了。钱可以拿走，刀剑都留下，要走快走！"说完打开了大门，指着门外让他们滚蛋。众盗贼唯唯诺诺答应了，扔下手中刀剑，扛着那袋钱，抱头鼠窜而去。

# 神拳张奇遇

龙州有个汉子叫张兴德，为俞家拳高手，善使双拳，常一招制敌，故称"神拳张"，是一个侠肝义胆的勇士。

有一次，街邻房屋起火，友人被困火中，神拳张刚好路过，见状立马拨开看热闹的人群，施展轻功迅速攀上危楼，挟着友人从窗户逃生，大火把神拳张的头发眉毛烧个精光，卧床一个多月才痊愈。当时天马山一带多狼，经常在荒野处袭击行人，造成社会恐慌，神拳张闻讯前往潜伏守候，结果仅三天就捕获了十九条狼，从此狼群绝迹，旅途平安。

家乡弟子都很钦佩神拳张的武德武功，多有拜师学艺的，神拳张虽然也收徒传艺，但害怕他们出去惹是生非，往往只教些皮毛而已，并未倾心传授。一天，神拳张门下有个邓扑满的徒弟去邻镇办事，途中与一青年邂逅，互相攀谈起来。青年自称姓汤名少敏，喜欢武术，双方一路上相谈甚欢。第二天邓扑满返回，归途中又遇汤少敏，两人乘骡子相伴而行，话仍然说得很投机，后来偶然说到神拳张，汤少敏言表中对其非常仰慕，想拜他为师学习武术，于是邓扑满热情介绍，从此汤少敏拜师于神拳张门下。

汤少敏勤学好问，对师父十分尊敬，和同学关系融洽，但神拳张对汤少敏始终不冷不热，保持一定距离。汤少敏出手大方，经常买来酒菜款待师父，并请诸位同学一起吃喝。神拳张只是偶尔接受邀请，礼貌性地吃一点儿东西而已。汤少敏天资敏慧，善于领会，

学艺速度很快，同辈们都不如他。汤少敏"吃不饱"，便请求师父额外多教授一些功夫，但神拳张只是一笑了之。邓扑满看在眼里，心里为汤少敏打抱不平，并悄悄问师父为什么要这样对待他，神拳张微微摇头，不作正面回答。

汤少敏对邓扑满始终非常友好，不但时常请吃请喝，而且在一起习武练拳时，汤少敏会悉心指点邓扑满。有一天下午，汤少敏与邓扑满又谈起拳法宗派，汤少敏问："听说罗汉拳是俞派中的精华，到底是不是啊？"邓扑满答道："正是，师父最精通罗汉拳了。"汤少敏半真半假地说："罗汉拳第八解第十一手是什么样子的，我有些疑问，想问师父又不敢，师父对你最好了，麻烦你去问问如何？"邓扑满满口答应："当然可以，此事易如反掌。"汤少敏摇头说："怕是没有这么简单哟，师父平日十分谨慎，无缘无故去问他，要是起了疑心追根问底，以后也不会回答了。这样吧，明天我出钱由你单独请师父喝顿酒，等他将醉未醉时再问师父，到时师父肯定回答。"邓扑满同意了，问道："我怎么说才好呢？"汤少敏咬住邓扑满耳朵，悄悄说了一通，听得邓扑满频频点头，连连称是。

第二天晚上，邓扑满果然单独请师父神拳张喝酒。酒至半酣，话更投机，邓扑满眼见师父已有六七分醉意，便乘机挑起话题："前几日上街时，偶然听到有人议论说，俞派的罗汉拳失传已久，没有了传人，不知此话是真是假，还望师父指教。"神拳张喝得迷糊犯晕，哪知邓徒弟肚子里的小九九，随口便答："哪里会失传！师父即是传人！"说着起身打了一套罗汉拳，一边比画还一边讲解，生怕徒弟不懂。喝完酒，邓扑满马上将罗汉拳秘籍告诉了汤少敏，汤少敏只是简单地说声谢谢，便连打几个哈欠，一个人去睡觉了。

早晨起来，邓扑满发现同居一室的汤少敏已不知所踪，想起昨晚之事，惊出一身冷汗，慌忙把情况告诉了师父神拳张。神拳张顿足叹道："果然不出所料，我猜疑不假，这人是个探子。"急忙跑到马厩中一看，马已经不见了。神拳张这马是一匹良种好马，一天能走五百里，是关外一个异族人送给他的。神拳张责备邓扑满道："昨天你为什么要偷学武艺呢？"邓扑满羞愧难当，说不知上了贼人的当，请师父惩罚。神拳张摇头道："算了。我本来就怀疑这人来拜师的目的，想静观其变，不料被这鼠辈首先发觉。此人想学艺，虽然采取辗转窃取的小人手法，并不可取，但毕竟情有可原，也不过偷学些皮毛去而已。我唯一担心的是那匹被盗走的马，上面有我张府的烙印，要是被盗贼有意无意栽赃就麻烦了。"急令邓扑满赶到州府报案，并提请官兵尽快追查破案。一个多月后，州府传来缉捕公文，称有一官宦南归返家，在山野处被盗贼劫持，所有贵重物品尽数掠去，唯一留下一匹马，马身上有烙印，有人认出正是神拳张的马。由于神拳张已预先报此马丢失，神拳张可免除嫌疑，并可用赎金取回其马匹。神拳张因此事被乡邻耻笑，已是羞愧难当，拿了赎金便告辞众人："我在江湖行走二十余年，未尝失手，今日却败在这小子手里，我这就前去寻找他，不弄清楚决不回家！"说完飞奔而去。

　　神拳张素来喜欢游历，与江湖上的英雄好汉多有交往，便一边寻觅故友一边明察暗访。过了一年多，才得知汤少敏的真实姓名其实叫毕五，是龙山大盗。神拳张深入山中，想找到其巢穴，却无人知晓，后来从一深山采药人口中知晓，毕五巢穴原来确在山中，不知什么原因，去年春天毕五一把大火烧掉巢穴，驱散手下喽啰，本人则不知去向。神拳张既愤懑又无奈，但复仇的念头一点儿不曾改变，仍然继续寻找下去，这一晃便是十余年。此时，改头换面的神拳张混杂于寻常百姓中，即使是亲戚朋友都不能认出他。

　　神拳张有一个儿子，名叫仁孝，当年神拳张出走时，张仁孝还是小孩儿，经常哭闹着要找父亲，结果被母亲锁在里屋。张仁孝十四岁那年，从书房中跳窗逃走了，书桌上留下一封信，说不找到父

亲决不回家。张仁孝母亲大惊，派人四处寻找，但哪里还找得到，其母亲只得整日以泪洗面。

张仁孝寻父数年，一直没有半点音讯，生活无着，只能以卖艺糊口。一天上午，张仁孝又在闹市卖艺，想挣些碎银子吃早饭。正挥拳弄棍时，恰逢总兵一行人外出，从旁边走过。总兵坐在马上看到他，招呼他上前。张仁孝有些惊疑，不知总兵想干什么，哪知总兵温和地笑道："你不要害怕，我看到你少年有为，很是爱惜啊，你跟我回去，有空儿时给你点拨一番，助你成才。"张仁孝于是跟随着到了总兵府。住了几天后，不见总兵有什么说法，便前去告辞。总兵见到他，又温和地笑道："你不要急哟，只要再住十天，我可以使你跟你父亲见面，同时擒获偷你父亲武艺和马匹的盗贼如何？"张仁孝将信将疑，只得留下等候。又过了几天，总兵派麾下的一个守备来告诉张仁孝，总兵愿意把其女儿许配给他为妻，张仁孝不同意，说："尚未征得父母同意，不敢从命。"守备笑道："堂堂一个男子汉，如何这般迂腐呢？我实话告诉你，总兵大人说了，你父亲就在这附近，但必须要你娶总兵女儿为妻，然后才有可能见到你父亲。"张仁孝无奈之下，只得同意了。三日后，婚礼顺利举行，张仁孝成了总兵女婿。

不久，总兵宣布，将择日举行大阅兵，所有人都必须参加，张仁孝也位列其中。大阅兵这天，总兵令张仁孝穿上一副铠甲，并将一只锦囊佩戴在胸前，对他说："今天大阅兵，我作为总兵不能不出场。我知道暗中有人要劫持我，但他一见到你必将惊慌失措，落荒而逃，此时你要叫住他，尽快拿出锦囊中的书信请他看，切切不可忘记，一旦贻误你就见不到你父亲了。"总兵然后召来心腹四人骑马相拥在张仁孝前后，作为贴身保护。此时，天刚麻麻亮，晨雾朦胧，张仁孝身材与总兵相近，策马骑行在道路上，将士们互相看不清面孔，谁都不曾怀疑那人不是总兵而是张仁孝。大军将到校场时，忽然大风骤起，满地卷叶，迷雾中一个大鸟般的黑影从斜刺里冲出来，直扑张仁孝，四名随从还不及反应，张仁孝已坠于马下。奇怪的是，把张仁孝摔下马的人看到其面孔后，却立即罢手，转身便走，张仁孝想起总兵的叮嘱，急忙呼喊道："别走别走，我是总兵的送信人，有信要转交给你！"那人迟疑一下，接过书信查看，一旁的随从大声呼喊道："张公子难道不认识你面前的父亲吗？"张仁孝仔细一看来人面色，恍然顿悟，叫了一声父亲，神拳张也同时醒悟过来，父子俩抱头痛哭，哭声震天。

忽然，队列中闪开一条道，一骑径直跑到父子面前，马上人迅速下马匍匐在地请罪不起，父子一看，正是总兵本人。神拳张至此已是无地自容，只得扶起总兵说："毕五神勇，老夫已无话可说！"于是父子一起随毕五回到总兵府上，毕五举行盛大宴会隆重欢迎神拳张，新婚夫妇也出来拜见，一时间笑语欢声，觥筹交错。席间，毕五悄悄将神拳张拉到后花园，告诉他说，当年他自毁巢穴，拜师学艺，偷学罗汉拳精华后，上京考取了武状元，从此走上仕途；而偷马逃走一事，实属偶然，并非有意为之，今以自己女儿许配给令郎，以表歉意，还望师父海涵。这一晚，神拳张再次喝醉了，趁着醉意朦胧，神拳张施展拳腿，将罗汉拳一点儿不剩地教给了毕五。

第二天凌晨，神拳张便悄然离开总兵府，远走天涯，不知所终。

# 陈阿尖之死

青阳城北门外有个青年叫陈阿尖，是农家子弟，从小聪明伶俐，很会卖乖讨父母欢喜。六岁那年，陈阿尖光着上身在屋外玩耍，有鱼贩子从门前经过，陈阿尖趁其不备，偷了一尾鱼，把鱼放在背后，贴住墙作为掩饰；有蛋贩子从门前经过，陈阿尖又悄悄偷了两只蛋，夹在两肋之间，手垂于下，小贩明明知道少了东西，却弄不明白是怎么丢失的，因为他们根本想不到一个屁大的小孩儿会变着法子偷东西。

等被偷的小贩一离开，陈阿尖拿着鱼或蛋回家给母亲看，母亲大喜，摸着陈阿尖的小脑袋不住地赞道："真是妈的好孩子！都会帮妈挣生活了。"陈阿尖虽然对母亲说的话似懂非懂，但得到了母亲的称赞，更自以为是，渐渐萌生了做贼的念头。

于是，陈阿尖四处学艺，专事拳棒和研习轻身术，数年后果然技艺学成，平添一身本事。当时，陈阿尖家的耕田在大鱼塘南面，每次要去田间做农活，都必须从便桥上过，但陈阿尖能用铁锄蜻蜓点水般轻松超越而过，经常看得过路人目瞪口呆。陈阿尖虽然天天拿着农具去田里，其实不过是装装样子罢了，实际上是为夜里行窃打掩护。几年下来，陈家竟成富户，也不再做农活了。

一个大雪纷飞的晚上，陈阿尖前往龙州盗窃，当天凌晨时背了两袋钱回来，悄悄藏在断桥下。陈阿尖去时雪上了无痕迹，回来时则倒穿着草鞋，藏好钱后，一路到了南门，天还没有亮，路过一家豆浆磨房时，陈阿尖看看左右无人，顺手拿了人家的一只铜盆要走，恰巧被起来小解的主人撞见，用绳子捆了扭送到官府。第二天龙州那边传来失窃的消息，通知各县抓捕盗贼，有一个龙州老捕头见到草鞋留下的脚印，怀疑是陈阿尖所为，赶到青阳探查，发现陈阿尖昨天已在行窃豆浆磨房时犯案，并不能到达龙州，而那草鞋印分明又是陈阿尖的，这让众人百思不得其解。

刑满释放后，陈阿尖仍然不改恶习，继续以行窃为生。当时，有一户朱姓盐商富甲一方，而且全家老小都有绝技。主人小女儿年龄刚满十六岁，尤为骁勇矫捷，与一婢女住在库房边。陈阿尖打了很久主意，想捞一把大的，但又怕敌不过主人，反复观察之后，终于壮了胆子，使轻功蹿上高墙，等楼下灯火渐次熄灭，一片寂静时，才纵身跃下，点亮蜡烛一看，库房门用铁栅栏封锁加固，知道里面一定是藏财宝的地方，便掰断铁条，正要进入，忽然听到上面传来轻微声响，抬头看时，一青衣女子已从楼上飞下。陈阿尖大惊，想逃跑已经来不及了，只得硬着头皮拔出剑与青衣女子打斗。哪知战不到两个回合，陈阿尖的剑就被青衣女子一脚踢倒，人也被生擒。陈阿尖被提到楼上，见一年轻女子坐在床头，红裳绣额，美丽绝伦，还笑着对陈阿尖说："你这人太不地道了，想要钱花不妨明讲，给你些就是了。做此鸡鸣狗盗的营生，不知你都有些什么本事？"陈阿尖迟疑半晌才敢说："我会些轻功。"于是红衣女子叫青衣女子取来一根大绳子，拴在楼两边的墙柱上，令陈阿尖上去从一头走到另一头。陈阿尖不得已上去，刚走了五十步，便汗如雨下，虚脱不能前行，掉下了。这是由于陈阿尖虽然身有轻功，每走五十步必须借地养力，才可继续走。红衣女子说："如此雕虫小技，也想做贼，好笑死了，我家的小婢女都可胜你。"然后朝青衣女子一使眼色，那青衣女子如飞燕般腾空而起，轻盈地落在绳子上，来来回回走了好几次，如履平地一般，面不改色心不跳。陈阿尖看得心惊肉跳，

知道自己遇到了高手，若不乘机脱逃，免不了要受皮肉之苦。于是贼眼滴溜溜地四处乱转，恰好望见楼后有一个窗户未关好，乘其不备纵身跳下逃走，红衣女子以莲钩掷过去，说："放你一马，不追你算了。"陈阿尖顿时觉得手臂奇痛难忍，急忙赶回家里，借着灯光细看，发现整条手臂全是青紫淤血，医治几个月才慢慢好转。

即使吃了这么一个老亏，陈阿尖仍然贼心不改，伤好后继续做他的梁上君子。不久再次被抓获，由于犯案累累，积怨太多，民愤极大，被官府定下死罪，并于秋后问斩。

临刑前，陈阿尖向行刑官跪下陈情，请求见母亲最后一面，行刑官同意了，把他母亲叫到陈阿尖面前。陈阿尖望着母亲泪如雨下，哀求母亲给他吃最后一口奶，死后才能瞑目。母亲可怜儿子，解开衣襟，袒胸露乳，让儿子享受最后一次母爱，哪知陈阿尖用力咬去母亲的一只乳头后，大喊道："母亲啊，你要早让我走正道，哪会有今天！"

# 第四辑　杰人神断

# 新郎迷踪

夏末初秋的一天上午，思柳河边的古道上锣鼓喧天，鞭炮齐鸣，一列送亲的队伍簇拥着一顶大红花轿，欢天喜地直奔桃园村而去。

一路吹吹打打到了村边，围观者早已是里外三层，硬是将送亲的队伍给堵了个严严实实。送亲的主事笑着给各位一一散了糖饼果酥，便抱拳央求放行，但众人哪里肯依，纷纷要求花轿里头的人露个脸才肯罢休。僵持一阵后，送亲的到底拗不过地头蛇，只得笑着请坐轿者露脸。话音刚落，花轿的帘子便被撩开，一个身着红袍、胸戴红花的新郎便现身出来。众人一声哄笑，七嘴八舌叫着"上门郎"。

原来，上门郎叫范子良，幼时即与桃园村的胡桃花订婚。前年范子良父亲外出做生意被人陷害送掉了性命，人财两空，其母亦因此一病不起，不久便撒手离世，只留下范子良孤身一人。范子良遭此大难，家道中落，一贫如洗，只有发奋读书，终于是年考入县学，功名初就，便想早日成婚，于是委托媒人前去女家约定婚期。女家母亲说，女婿父母早逝，孤身一人；我也无夫无子，只此一女，如果他肯入赘我家，两得其便，否则这件婚事只好等我死后再说了。媒人据实转告范子良，范子良欣然同意入赘。

完婚这日，范子良依约到了胡家。胡家为此婚事也是喜帖四散，大肆操办，一时间宾客云集，鼓乐喧天，热闹非凡。众人看到

新娘美貌恬静,看到新郎英俊倜傥,啧啧称羡,都说是天生一对、地设一双。

拜堂完毕,新郎送宾客入席,稍事应酬,便步入洞房,关了房门,与新娘对饮。洞房内没有旁人,新娘丝毫没有羞涩情态,执壶举杯,力劝新郎饮酒,新郎心中高兴,又被新娘反复劝酒,饮了一杯又一杯,不久便神志迷糊,昏昏欲醉。

外间,宾客们正在喝酒饮茶,猜拳行令,欢声笑语,一派热闹气氛。忽然,洞房里传来一声大吼,新郎夺门而出。新郎衣履如旧,披头散发,双手掩面,一边狂奔一边号叫。众宾客不知何故,慌作一团,旋即尾随追赶。跑了一里多路,即到了思柳河边,新郎不等众宾客赶到,纵身跳入河中,顿时身形一闪,即刻被狂涛吞没。众宾客急请渔船打救,百般搜寻,杳无踪影。大家叹息惆怅,返回女家。新娘和老母都在堂中等候,正焦急万分,见众宾客回来,急问新郎下落。众宾客告诉经过,并询问这新郎何故如此。母女都说,新郎本来正在洞房里饮酒,忽然发狂破门而出,他们也不知何故。母女二人又说,本料想诸位宾客一定会把他拦住,送回洞房,谁想到大家竟然眼看着他投河而死。如此看来,众宾客不但见死不救,简直就是故意害死他,现在只好找众宾客要人了。于是母女二人果真告到县衙。

新任知县郭杰人昨日刚刚上任,征程未洗,便遇到这起命案。他不等打点停当,即刻升堂审案。首先询问在场宾客,众宾客说,新郎忽然发狂奔走,他们都猝不及防,追赶不及,无从援救。都是至亲好友,无论如何不可能加害于他,还望父母官明察秋毫。再问新娘母女,二人哀号痛哭,央求知县大人找回尸体,以礼殡葬。郭杰人闻之有理,旋即由新娘母女二人并众宾客领着,自己带了捕头曾虎和几名衙役一同前往。一行人到了思柳河边,郭杰人勘验了现场,再放眼望去,只见大河浩荡,源远流长,尸体早已漂泊而去,无从找寻。

郭杰人问："新郎投河你们都亲眼看到了吗?"

众人说："我们在他家做客,确实亲眼所见。"

郭杰人又问："新郎面色如何?"

众人答："他披头散发,双手掩面,看不清楚。"

郭杰人沉思片刻,转身对众人说："诸位散了吧,三日后本官自有公论。"然后带了曾虎等人径直回县衙去了。

第二天,郭杰人带着曾虎,化装成收蚕商人,悄悄到了桃园村,他们找了新娘家的几户邻居,婉转探询新娘家的情况,然后围着新娘家的院子转了几圈。回到县衙,郭杰人倒头便睡,一睡就是两天两夜,直到新娘母女找上衙门来,曾虎才叫醒郭杰人。

新娘母女二人见了郭杰人,立即跪下作揖,问郭杰人要人。郭杰人说："河水无情,新郎发狂投河,丢了性命,只能是自作自受。你们问我要人,我到何处找给你们。此案就此定案,今后不可再提。"说完,郭杰人命曾虎将新娘母女二人轰出县衙。母女二人搀扶着一边走一边哭诉,其状甚为悲惨。路人都怜之,暗自摇头,叹息又来了一个昏官。

过了两个时辰,郭杰人领曾虎并五十名衙役急速奔桃园村而去。到了新娘家门口,郭杰人命令曾虎率众立即围住新娘家院子,不得有误。他自己带了几名衙役径直走进了新娘家院子。

新娘母亲闻讯出来,见到郭杰人大惊,忙厉声质问:"你们如此兴师动众,闯入民家,公理何在?"

郭杰人并不搭理,却倒剪着双手,若无其事地在院子里转悠。他看到后院一角堆了不少新土,土上还种了一棵树,问道:"此土从何而来?"

其母一时愣住,想了半晌才答,"此土原本在此,种树时稍有翻动而已,并无不妥之处。"

郭杰人微微一笑，没有理睬，抬脚进了屋，径直往新娘闺房走去。其母横身阻拦说："这是女人卧室，三尺孩童尚不得入内，何况你这成年男子。你身为父母官，难道不知道这点礼节吗？"

郭杰人冷笑道："我这是要为你女婿洗雪冤屈啊！"

"如果你身入闺房而又无冤可明，到时候又该怎么样？"

"我偿你女婿的命！"郭杰人下令衙役把其母赶到一边，进房内搜索。闺房面积不大，但陈设整齐，清洁幽雅，显示出新娘的学识修养。郭杰人对闺房内的每一件物品都观察得极其仔细，还不时用手摸摸敲敲，很是在心。从观察的情况看，房内陈设并无异样，郭杰人心里暗暗有些焦急，而脸上却是不露一点儿痕迹。忽然，郭杰人的眼前一亮，他看到床下角落处露出了一双男鞋，躬身下去将此鞋拿了出来。再看新娘，已是惊慌失色。

"此鞋是谁的？"郭杰人问。

"乃是夫君的鞋。"新娘颤声回答。

"不对，当时你与夫君在房内饮酒，并未同床，夫君的鞋子何以到了床下面？难道他特意将鞋子脱了放到床下，光着脚与你饮酒不成？"

新娘无言以对。

郭杰人命衙役把床移开，看到床下地板有新垫的痕迹，命人挖开之后，竟是一条地道。顺地道下去，走约十余米，到了另外一间屋子，里面躲着一个衣着华丽的男人，郭杰人立命擒拿，将其押到后院。新娘母女俩见状，都大惊失色，呆若木鸡。

郭杰人又走到那堆新土前，问："此树是何日所种？"

其母答："前几日。"

郭杰人冷笑一声："树乃春生发物，秋天种树，本人还是第一次见识。聪明反被聪明误，你这是欲盖弥彰，不打自招。"

话毕，命人拔掉小树，掘开新土，果然挖出了新郎尸体。

一干人犯被押回县衙，郭杰人立即升堂审案。没几个回合，面对铁证，三人知道大势已去，为了免遭皮肉之苦，随即认罪。其母一声长叹道："唉，机关算尽，到头来还是竹篮打水一场空。不过，只有一事不明，郭知县是如何识破此计划的，老妇还以为天衣无缝呢。"

郭杰人一捋络腮胡，神情轻松地笑道："哈哈，你们以为天衣无缝，其实稍一推敲，便发现漏洞百出。本官以为，你们导演的这出戏演技太拙劣了。开始时，本官也是被表象有所迷惑，一个新郎，在成婚大喜的日子，在众目睽睽下投河自尽，乍看起来确实蹊跷。更为奇怪的是，新郎投河自尽，新娘母女却诬告被宾客杀害，显然强词夺理。其实，你们说宾客杀婿并非真意，让宾客齐声证明新郎已死才是真正目的！"

接着，郭杰人继续剖析其作案动机及过程。原来，在成婚之前，新娘外出看戏，被一富豪看见。富豪迷恋此女姿色，便用大量钱财收买了老太婆，私下与那女人来来往往，日益密切。因怕被人发觉，就在床下挖了地道，以备应急隐匿。新郎提出成婚，富豪与母女密议后故意招赘入室。新婚之夜，新娘把新郎灌醉，富豪从事先埋伏的地方出来把新郎掐死，由地道运至后院掩埋。至于那个投水的新郎，则是富豪收买了一个善于游泳的人假扮而成，为了不致露出马脚，才化装一番，让他披头散发，双手掩面，给人造成错觉。

三人听罢，面如死灰，伏地叩首，久久未起。

# 张民杀妻

　　郭杰人秉烛阅案，一宿未眠，拂晓时分方和衣而卧。正迷糊间，忽隐约听到衙门外鼓声遽然响起，接着一阵铿锵有力的脚步声渐渐迫近，闻声似是曾虎。郭杰人闻声而起，来者果然是捕头曾虎。

　　曾虎禀告，衙门外有人击鼓报案。郭杰人令曾虎立即集合衙役准备升堂，他随后就到。

　　报案者是城内居民张民。张民报称，他与妻子刘凤琴已结婚三年，尚未有子嗣。他常年在外做生意，偶尔回家几次，均撞见妻子在家与人通奸，本想休之，无奈刘凤琴屡次哀求，并表示一定痛改前非，便数次原谅了她。哪知昨夜回家，又见其与人通奸，一时性起，拿一把菜刀砍死了刘凤琴。

　　郭杰人闻讯，立即带领曾虎等押着张民前去勘验。张民家住县城最繁华的吉祥街，以出门面街为向，左有太白酒肆，老板叫初永泉；右是悦来绸店，店主人叫柳上惠。勘验时，初永泉和柳上惠都在现场围观。张家有大小房屋七八间，成狭长纵深状，幽深寂静。刘凤琴死于里间卧室地上，仰面横陈，尸体遍身刀伤，胸部肋部到处是被砍的痕迹，几乎找不到一块完整的皮肉，确实像是一时气愤杀死的样子。郭杰人走出卧室，四处察看了一番，脸上表情时而凝重时而开朗，当他仔细观察了后窗围墙与走廊及门的情况后，脸上露出似有所悟的神情，闪过一丝难以觉察的冷笑。

　　回到堂上再审，郭杰人直言告之："按照法律，丈夫杀死淫乱的妻子无罪。张民，你妻子真是你杀死的吗？看你像一个做正经生意的斯文人，恐怕难以对你妻子下如此毒手。根据我的判断，你确实不像杀人凶手。我劝你还是如实招供罢，否则吃罪不起。"

张民仍然坚持原供，"一人做事一人当，我杀死了妻子，甘愿认罪伏法，任凭县官老爷处置。"

郭杰人见其嘴强，只得暂且将其收监，容后再审。

入夜，郭杰人在寓所里左右徘徊，愁眉不展，心事重重。他注意到，这张民投案时神情沮丧，一点儿凶悍的表情都没有，而其妻身上的伤又显出凶手的残忍，这其中必有蹊跷。忽然，他想起白天观察到的情形，叫了一声"糟糕"，随即叫上曾虎，直奔监牢而去。

一干人行至半路，便遇衙役来报，告张民忽生急疾，七窍喷血，大叫一声即刻身亡。赶至监牢，郭杰人仔细勘查了张民死亡的情状及其呕吐物后，喃喃自语道："原来如此！"曾虎忙问怎么回事，郭杰人却摇头道："天机暂不可泄漏。"

次日早上，郭杰人带着曾虎又去张家勘验了一番，出门便左拐进了太白酒肆吃饭。老板初永泉见县官老爷光临，自然少不了殷勤招待，还亲自下厨做了县官老爷点的招牌菜糖醋鲤鱼。郭杰人对糖醋鲤鱼兴致很高，吃得满嘴流香，啧啧称赞。席间还向初永泉讨教张民一案的意见。

初永泉说："老爷要查问杀人的事，必须要先查清奸情。如果刘氏与人通奸属实，张民杀人就毫无疑问了。"店里的其他人都点头称是。

郭杰人说："不过，那张民倒是嘴很硬的，竟一直不肯透露半点奸夫情况。麻烦的是，张民昨晚羞愧难当，已经自杀身亡，这一下奸情更无从查找了。"

众人闻之大惊，唏嘘不已，只有初永泉的话直白入理。初永泉说："刘氏奸情路人皆知，这奸夫是谁啊？就是悦来绸店的柳上惠。

到底是不是？老爷向周围人稍问即可。"众人点头称是，说刘凤琴与柳上惠奸情已久，街坊尽知。

郭杰人听说，仿佛恍然大悟，立令曾虎去拿人。哪知这边说得热闹，那边柳上惠竟已得知消息，悄悄从后门跑掉了。曾虎立即带人寻踪而去，穷追不舍。

郭杰人得知柳上惠逃跑的消息，并不着急，一边令曾虎前去追捕，一边还在吃酒喝茶，继续与初永泉闲谈。

郭杰人说："柳上惠跑不掉的，他插翅难飞，因为张民临死前告诉我，杀了妻子刘凤琴后，他自己写下了一封血书，记叙了整个事情的真相，到时候柳上惠的口供与张民的血书两相印证，不怕他柳上惠抵赖。所以，张民的血书是铁证。"

初永泉连忙称是，转而又有些担心地说："铁证是铁证，就是担心这个铁证落到别人手里，让罪犯逃脱了。"

郭杰人打了一个酒嗝儿，面色潮红地摇头道："不会的，张民放血书的地方只有我一人知道，我不说谁也不可能知道。"

郭杰人又是一口酒下肚，面色更加活泛起来，话却有些结巴，他把初永泉叫到近旁，咬住其耳朵说："血书在东街城隍庙门前左侧的石狮子嘴里，万无一失的。我是看你诚心帮我才告诉你的，你可千万不可乱说出去呃。"

初永泉连忙点头道："当然不敢乱说，当然不敢乱说。"

说话间，外面传来一阵吆喝声，曾虎已将捕获的柳上惠押到。柳上惠平素在县城里是个洒脱自如、风流倜傥的角色，此时却是气喘吁吁、面色煞白，一副失魂落魄的狼狈相。见者无不讥笑起哄，只差把个柳上惠羞死了。

柳上惠被带回县衙，郭杰人立即升堂审案。他把惊堂木一拍，厉声喝道："好一个色胆包天的柳上惠，竟敢负罪逃跑，真是不自量力。本官在此，还不赶快将你的犯罪事实一一招供。来啊，棍棒侍候，先打一百大板再说。"

扑通一声，柳上惠双腿跪地，叩头请罪，表示愿意坦白招供。

柳上惠交代，他跟刘凤琴的奸情约一年有余，双方起于偶然，却感情很好，刘氏家境殷实，并不图他的钱财，只是长夜孤寂难熬，盼他有空儿做伴厮守。他也挺讲信用，经常抽空去为张民服务，替张民"犁田耙地"，很是辛苦的。刘氏不肯要他的钱，他就送一些上等的绸缎衣料和定做的衣裤给她，她自然很是欢喜，也敢公开穿出来招摇过市，除了她丈夫张民，整条街的人都知晓了他俩的那点风流事，后来街坊上有人告诉张民，张民也抓过几次，虽然得了刘凤琴的百般哀求加百般承诺，但本性是改不了的，二人仍然藕断丝连，暗行苟合之事。张民生性软弱，即使屡次威胁要杀掉淫妇刘凤琴，终念一日夫妻百日恩，不曾下得了手的。

"你还算是说了句真话，只怕是这句真话来得太迟些了。"郭杰人一声冷笑，"张民是下不了手，可有人还是下得了手的。"

"小的不知大人说谁？"

"说的就是你！"

"小的不敢。"柳上惠叩头如鼓声作响，血流不止，"小的确实未曾杀害刘凤琴。"

"既然未曾杀害刘氏，何必逃跑？分明是做贼心虚，怕被抓住抵命。"

"小的该死，但小的跟刘凤琴感情很好，无故杀她做甚么。"柳上惠仍然不肯认账。

"混账，本官不想听你狡辩，到时铁证如山，还怕你抵赖不成。"郭杰人一摆手，"押进死牢，好生看管，不得有误。"

夜至深，月黑风高，街巷空无一人，县城似睡了一般。忽然，一个黑影沿着街边墙根鬼鬼祟祟地移动，渐渐到了城隍庙门口，蜷缩在门边暗处，观察一阵确信无人后，猛然跳到石狮子面前，将手

伸进了狮子嘴里。刹那间，捉贼喊声四起，几十支火把被点燃，黑影被一群人擒住了。曾虎走上前，举着一支火把照了照黑影的脸，"果然是你，初永泉！邢公神人也！"

郭杰人鸣锣升堂，连夜审案。县城醒了，人们如潮水般涌向县衙，观看这场动人心弦的悬疑大戏。

初永泉一脸无辜状，一路吵吵嚷嚷，似乎遭受了天大的不白之冤，还反复说受到了别人的陷害。到了公堂，初永泉还不停地大喊大叫。郭杰人坐在公案后面，抱着胳膊，面无表情地望着初永泉，不发一言，看得公堂外的观者莫名其妙。初永泉终于发现只有他一个人的声音，他意识到了自己的失态，郭杰人冷冰冰的态度让他住了嘴。他面对郭杰人站着，语调恢复了常态："大人，你搞错了，不是我。"

"这就对了，有理不在声高，不过你有话尽管说，没人封你的嘴。"郭杰人的脸渐渐化冻转暖，甚至浮上了一丝浅笑，"是不是你不要紧，先听我简单地说一个故事再下结论不迟。"

郭杰人说，"有一个中年男人，爱上了女邻居，这女邻居的男人在外做生意，长年一人独居，正是干柴烈火，一碰即燃。奸情延续了二年，哪知女人确实是个情种，又爱上了另外一个男邻居，女人可能认为二号男比一号男更好更合适，便坚决断绝了与前者的来往。一号男怀恨在心，却不动声色，只说好合好散，叫女人绝对不可声张，不能让任何人知道，如同这事从来没发生一般。女人应允了，而且果然守口如瓶，不曾吐露一字，哪知这其中包含着一号男的惊天阴谋。一号男先是将奸情告知女人丈夫，然后不断在其丈夫面前吹风，挑起其仇恨。本想借刀杀人，但其丈夫生性软弱，不愿沾血光之灾，一号男便以替天行道之名义代其丈夫手刃了女人，其手段之残忍令人发指。一号男为什么要这样做呢？一号男这样做起到一箭三雕的效果：第一，他亲手杀死了抛弃他的女人，解了心头之恨；第二，他将脏水泼向了夺其所爱的二号男，让二号男惹了一身骚味，跳进黄河都洗不清；第三，他嫁祸于人，把责任全部推给女人的丈夫，他自己则金蝉脱壳，全身而退。要我点评，就一个字：妙！"

初永泉表情轻松地笑了，手上的动作甚至有鼓掌的架势，只是压制了自己的冲动才没有那样做。他说："故事很精彩，可故事终究是故事，故事不等于现实，故事不能成为破案的根据。县官大人在上，说小人杀了刘凤琴，不知有何凭证？"

"当然有，且听本官说。"郭杰人一声令下，曾虎将一把窄幅柳叶尖刀呈上，举在初永泉面前，让他看仔细了。郭杰人说，"据检验，刘凤琴身上的伤为此刀所致，而此刀是你店专用的杀鱼刀，一般家庭很少使用，刘凤琴一个女人在家，更不可能用这种快刀。如果张民起意要杀其妻，他会向你借一把刀来杀吗？杀死其妻后再藏于你店中的水缸下面吗？这合乎常理吗？我的回答是：不！"

初永泉脸色大变，由红转青，由青转黑。

"不过，事情并没有就此结束。"郭杰人叫曾虎将刀拿走，接着说道，"你杀死了刘凤琴后，把张民叫到你店里饮酒，上了糖醋鲤鱼等作为佐酒菜。一方面，你规劝张民去自首顶罪，如此既可免除死罪，又可不牵出你来。另一方面，你在酒里暗暗加了慢性毒药，以防其最终顶不住将你供出，这样一来，张民一死，县官肯定将其作为畏罪自杀处理，则此案永无大白天下之日。但人算不如天算，张民临死前的呕吐物里有糖醋鲤鱼，并且还咬破手指用鲜血写下了你的姓氏。"

初永泉无言以对，慢慢低下了头。

"还有，如果不是你杀的人，你为什么悄悄溜到城隍庙大门的狮子嘴里找血书啊，此事我只告诉了你一个人，你果然去了，这不是做贼心虚吗？其实，狮子嘴里并没有所谓的血书，只有我用红墨水写的几个字。"郭杰人搓开五指，纸上果然写着几个红字：

"杀人者初永泉也！"

# 金佛失窃

　　一日深夜，悟能和尚化缘回来，将近山腰明月寺时，忽闻上面传来一阵急促的脚步声，悟能出于本能躲到了路边树丛中。不一会儿，借着朦胧月光，悟能看到上面下来几个人，一律黑衣黑裤，头戴面罩，只露出两只眼睛，其中一人手里抱着一件东西，那东西用布裹着，看上去沉甸甸的，把抱着的人累得气喘吁吁，旁边的人还在不停地叫着小心小心别摔坏了。悟能知道自己遭遇了强盗，看得脊背一阵透凉，全身筛糠，大气不敢出一口。恍惚间，一行黑衣人已然消失于拐弯处。悟能从树丛里起身，继续往明月寺走去。走了没多远，悟能忽然想到，这帮行踪鬼祟的黑衣人断然是从明月寺而来，既然如此，莫不是偷了寺里的什么东西不成？想到此，悟能停住了脚步，继而转身往山下奔去。悟能远远地跟在那帮黑衣人的后面，走了三十余里，直到那帮人进了四周围墙高筑的庄家大院，悟能才折身返回。

　　到了明月寺，天早已大亮，众僧正围在大殿里，神情悲戚。原来，镇寺之宝释迦牟尼金佛昨晚失窃，不知被何人盗走了，两名护卫武僧也被打伤。悟能得知，忙将昨晚所见告知师父悟静，悟静听了，即刻拉着悟能的手直奔县衙报案。

　　郭杰人升堂审理，悟静方丈先将失窃金佛案禀告，悟能又将昨夜今晨所见之事一一叙述。郭杰人令主簿将案情详细记录在册，带着曾虎等人随悟静、悟能前往明月寺勘验。到了明月寺，置于大殿莲花台上的释迦牟尼金佛果然已不见了影踪，两个护卫武僧也被打成重伤，经全力救治已无性命之虞。大殿内并无剧烈打斗痕迹，对方显为武林中高手，一招制胜。

回到县衙，见郭杰人愁眉不展，曾虎说："大人，年内已有多起失窃案发生，却鲜有破案，百姓怨声载道，各种议论很多。路人皆知，失窃案均为庄家大院的庄武一伙人所为，却敢怒不敢言，无可奈何。庄武一伙人为非作歹，鱼肉乡里，无恶不作，早该除之而后快。大人，我请求带一干人马前去围剿，扫平庄家大院，捉了庄武等人归案。"

"糊涂，不可莽撞，否则会坏大事。"郭杰人将书从脸上移开，反扣到桌面上，"曾虎，你与庄武相比，谁的功夫更好些？"

"我在街上曾看过庄武表演功夫，实话说，他不过是些花拳绣腿，骗骗外行吓唬百姓罢了，其实不堪一击的。至于两名武僧被打伤，不过由于其暗中突然袭击而已。"曾虎面色平静，不像吹牛的样子。

"那就好。"郭杰人饮了一口茶，叫上前来吩咐道，"今晚你一人去庄家大院，先探探虚实，摸清情况再议罢。"

曾虎领命而去。

夜半，风轻星稀，蛙叫蝉鸣，曾虎一袭黑衣黑裤，提一把青龙剑悄悄攀爬上了庄家大院最高的钟楼顶，藏在暗处观察动静。他看到对面大厅内灯烛辉煌，照耀如同白昼。许多人围着一具棺材，好像在观看收殓死人，可是都满脸笑容，毫无悲戚之状，也听不见妇女的哭声。那些人一直在里里外外地忙碌着，却不知在忙些什么。曾虎深感怪异，不思不得其解，只得从原路返回县衙。

早上，曾虎打扮成一个乞丐，到庄家村讨饭。他在庄家大院门口看到大厅里有一具崭新的棺材刚刚油漆，背地询问仆人死者是谁，仆人答说是庄武的叔父。他又去悄悄问村中其他人，得知庄武

确实死了叔父，不过早在半月之前就已收殓完毕，停放在村外了。

曾虎回署把查知的情况禀报郭杰人。末了，曾虎说："大人，小的认为金佛以及其他失窃的财物就在庄家大院，何不趁赃物尚未转移，一举将其起获，人赃俱在，不怕他赖。"

"且慢，让我三思。"郭杰人倒剪着双手在屋子里来回踱着方步，然后站住了，中指在日渐稀少的头发间象征性地梳理两下，转身对曾虎说，"立即放风出去，就说明日我要查抄庄家大院。同时派一些衙役在庄家村四周游转，监视庄家大院动静。"

"大人，恕小的直言，您这是打草惊蛇。"

"曾虎你说得不错，我就是要打草惊蛇。"

次日上午，消息来报，庄武即将给其叔父出殡。郭杰人得知，立即率曾虎及大批衙役前往。到了庄家村，郭杰人立令衙役将庄家大院团团围住，自己率曾虎等人进入大院。庄武得知郭知县前来，率家人穿戴整齐，以礼相迎。

郭杰人径直步入设在大厅的灵堂，四处略一观察，眼落到棺材上，问跟在身后的庄武道："何人灵柩？"

庄武答："小的叔父。"

"据我所知，你叔父早已在半月前仙逝，为何今日方才出殡？天气炎热，不怕存放困难吗？"郭杰人话里带着刺。

"并非小的不想出殡，只是算命先生指定日子，图个吉利而已。"庄武说话滴水不漏，"老百姓不就是图个吉利么？"

曾虎带衙役在大院里一阵搜查，一无所获，神情便有些沮丧，转回来看到棺材，对自己原先的判断更确信无疑。他上前拦住正招呼人准备出殡的庄武，说："棺材里真是你叔父的灵柩么？"

"这个自然。"

"是真是假，请开棺检验。"

庄武横着脸冷笑道："尸身装殓已久，无缘无故开启棺木，元气跑掉，坏了风水，罪名由谁承担？"

"本人愿立结状。"曾虎看了看郭杰人，似乎在征询其意见，见郭杰人微微颔首表示同意，随即叫人拿来纸笔，自立结状。其大意是，如灵柩无误，查无破绽，甘愿受罚，任由庄武处置。庄武拿了结状，又是两声冷笑，当即叫仆人开棺验尸。

众人趋前查看，棺柩里果然躺着一个须发斑白的老头，皆大惊失色。庄武一声令下，不由得曾虎辩说，其下人将曾虎团团围住，一顿拳打脚踢，把曾虎打得满面鲜血、遍体鳞伤。曾虎有结状在先，不敢还手，只得任其施暴。立时间人声喧哗，天翻地覆，无法收场。

"都给我散开！"庄武一声大喝，下人住了手，庄武将手上的砍刀挥了挥，只见一道耀眼的阳光划过刀面，闪得人们睁不开眼。庄武慢慢举起砍刀，嘿嘿笑道，"兄弟，对不住了，明年今日就是你的忌日。"说毕，庄武举刀向曾虎头上砍去。

"慢！稍等片刻再动手不迟。"郭杰人拦住了庄武，然后径直走到棺材旁边，仔细地端详着里面。忽然，郭杰人以迅雷不及掩耳之势用手揭去尸身覆盖的棉被。这一看，众人都瞠目结舌，乱糟糟的大厅一下子十分寂静：人头确实不假，可是棉被下面却不是尸身，而是耀眼的金银财宝，明月寺的金佛也赫然其中。庄武正手足无措，曾虎忽成猛虎下山状，一招夺其砍刀，一招将其制服。

起获的金银财宝物归原主，金佛也回到了明月寺大殿莲花座。

秋后问斩，盗贼庄武等主犯被处死街头。

# 王三伏法

一日深夜，郭杰人正伏案批阅，忽闻有人击鼓鸣冤，便不顾家人劝阻，即刻升堂问案。

来人自称王德成，已年过六十，报称其寡嫂涂氏被盗贼杀死，并抢去其寡居侄媳妇及衣服物品等多件，请求县官大人为民做主。

郭杰人问："盗贼是否你亲眼所见？"

王德成答："确实亲眼所见。"

"所见何人？"

"火光中看见有彭三、刘七，其他的都面生。"

郭杰人又问："你有几个儿子？"

"四子。长子昌喜，次子昌霖，三子……"王德成说到第三个儿子时，则踌躇变色、吞吞吐吐起来，"三子……昌贵，四子拔儿。"

郭杰人见其面色怪异，疑窦顿生，即刻叫王德成领着去勘验。一干人马连夜紧赶，晨时方至。郭杰人令曾虎布置警卫，自己亲自勘验尸体：头颅扁碎，不像刀斧砍伤，而像是用砖石捶捣所致。再看住所，见其家徒四壁，不像招致盗贼的样子。又看西房和偏房空着，知道是邻居刚搬走不久。得知邻居姓陈，便把陈姓邻居传来，询问为什么搬走。

陈邻居供说："怕受连累。"

"什么连累？"

陈邻居又供说："王家婆媳不时有吵架之声。他们家的雇工与其寡妇儿媳本属叔嫂，却日夜同居，好像夫妻一般，婆婆经常斥责他们，而不能禁止。我们怕出事，所以搬走了。"

正详细询问之时，衙役报彭三、刘七到案。郭杰人说："还未发传票，为什么自首？"

彭三、刘七供称："我们受雇于富家，听说王德成诬告我们是盗贼，怕连累主人，故来报告。"

经过追问，从彭三、刘七口中得知，王德成的寡妇侄媳已在半月前出嫁了，并称县官大人可去调查。郭杰人没有多说什么，只叫曾虎把二人给放了。

又提来王德成，询问其儿子名字，回答和以前一样，唯独问到第三个儿子时，又出言吞吐地说："叫昌富。"

郭杰人笑道："昨天说叫昌贵，今天为什么说叫昌富？"

仍旧命人将王德成押下去，又问陈邻居，才知道这三儿子的真名叫昌槐，以前受雇于某家，因奸情被辞退，现又受雇于鲍家圩子。郭杰人听后说："盗贼就在那里。"

押着王德成到了堰头镇，郭杰人吩咐住下。曾虎迷惑不解，问郭杰人道："大人，此时不过正午，赶回县衙时间尚早，何必在此住下？"

"道理很简单，引蛇出洞。"郭杰人令曾虎把王德成绑在门外，让一些衙役秘密混迹于看热闹的人群中，窃听来来往往的人都说了些什么。又令曾虎带几个精干的衙役换了服装，前往鲍家圩子进行侦探。

曾虎等人领命而行，走了几里地，在路上碰到几个汉子，闲谈中得知，正是昌喜兄弟来探听他们父亲的消息。曾虎灵机一动，假称迷路，恳求他们带往堰头镇。昌喜兄弟同意了，于是一同前行。

到了堰头镇，昌喜走在最前面，径直走到绑在门前柱子上的父亲王德成面前，问父亲是怎么回事，王德成见了暗自吃惊，而后稳住情绪，故意埋怨官府不明，胡乱抓人，造成冤假错案。说着，又伸出三个指头问昌喜："他在什么地方？已知道了吗？"

昌喜刚点头表示昌槐已知道了，走在后面却不知就里的昌槐也走到了父亲面前。王德成见之，脸色遽变，勉强压住怒火，放低声音咬牙切齿地说："你这个浑蛋，你所做之事官府已经识破了，还不快跑，傻待在此等死么？"

昌槐惊慌失措地望了望四周，拔腿便往外跑去。早候在一旁的曾虎一把将其擒获，扭送到郭杰人面前。

昌槐大喊冤枉，满嘴狂言，直到曾虎给了他两下，才咧着嘴老实起来。疼痛稍轻，又有些硬皮，问道："我犯了哪条王法，为什么抓我？"

"你自己清楚。"郭杰人不为所动，反问道，"你伯母家遇到这样的惨事，你去看过没有？"

昌槐答："事情太忙，没有空，不曾回去看过。"

"伤痕很奇怪，究竟是什么东西把她打死的呢？"郭杰人像是问昌槐，更像是自言自语。

昌槐不假思索，立即回答："听说是用石磨的下扇。"

郭杰人故意不解地问道："石磨的上扇有柄可拿，为什么反倒用下扇呢？"

昌槐一副聪明全懂的面孔："上扇轻，下扇重，用重的捣她，所以她的头才扁碎。"

郭杰人放声大笑，"你没去，怎么知道得这样详细呢？你奸淫你的寡嫂，又害你的伯母，凶手分明就是你，还想逍遥法外吗？哈哈哈哈！"

昌槐一阵发愣，继而恍然大悟，大叫："天杀我也！"腿一软，跪下了。

# 阿猫之死

一天晚上，郭杰人在审阅一件陈涌金杀死孙女的陈案时，发现了许多疑点。主要案情是本县柳林镇的陈涌金因其孙女阿猫与仆人高洪生通奸，气愤之下加以责打，伤重致死。前任知县黄朝云审理此案并上报后，舆论哗然，都说判断不公，知府曾令复查，但黄朝云坚持说案件查实无误，绝无虚假，最后不了了之。郭杰人阅后，觉得疑点太多，遂逐级上报到省城，巡抚批文命其详细复查。郭杰人得了批文时，消息已四处传开。郭杰人思考良久，竟不得要领，便叫来曾虎一起商议。

曾虎是个炮筒子，做事干脆利落，就是缺少策略。听了郭杰人的话，想都没想话即脱口而出："这个好办，提陈涌金来一审，案子不就结了嘛。"

郭杰人摆手道："这个案件议论颇多，上司重视，如仅限于提堂审讯，恐怕有人捣鬼，不但难明真相，而且拖延时日。我看还是首先查访为好。"

曾虎挠头笑道："大人，你知道我脑子，不会想事情，有什么你就直接下令好了。"

"这不是跟你商量嘛。"郭杰人道，"我来青阳县时日尚短，百姓对我面相不熟，因此我想亲往柳林镇一查，辨明是非，了结此案，对上峰和百姓都有个交代。"

"你亲自前去，不怕被人看破吗？"曾虎摇头道，"不可不可，

让人发现，你会出危险的。"

"我必须去，任何人不可阻挠。"

曾虎又挠了挠头："大人你要去，小的只有跟随左右了。"

"我要的就是你这句话。"郭杰人笑了，他显然达到了欲擒故纵的目的，"以前曾听你说过，你好像在柳林镇有一个远房亲戚，是否？"

曾虎一拍脑壳，说："你看我这脑子，不记事的，把这给忘了。我有个表哥住在柳林镇，而且跟陈涌金就住在一条街上。"

"妙哉！就这样定了。"郭杰人少有的激动起来，一拍案桌，带起一阵风，差点熄灭了蜡烛，"你我扮成商人前去，神鬼不知，有利探案。"

次日早上，二人乔装一番，随即出发。

到了柳林镇，他们住在曾虎的远房表哥家中，并打听到陈涌金家里的一些事情。原来，陈涌金以贩卖药材起家，有四个儿子。长子早已去世，没有男孩，只有一个女儿阿猫，就是被陈涌金打死的那个。二儿子叫陈美思，在外地开药铺。三儿子陈真元，病魔缠身居于家中。四儿子年龄尚幼。二儿媳乐氏，长得丑陋而又作风败坏，名声很臭，全镇皆知。由于大儿子没有儿子，乐氏就想让自己的儿子过继给嫂嫂，将来可以多继承一笔财产。大儿媳看不上乐氏的品行，不想要她的儿子，而想收养三弟真元的儿子。为此，乐氏怀恨在心，妯娌不和。恰逢大儿媳害疟疾，乐氏给她煎药，服过之后一命呜呼。阿猫痛悼母亲之死，怀疑婶母暗中投毒，哭泣之中夹杂着怨骂，没过多久，就发生了阿猫因奸情暴露被其祖父打死的事情。

了解到上述情况，郭杰人决定亲自前往陈家探察内情。夜晚郭杰人与曾虎及其表哥商议一番，第二天清早由其表哥引路，以药材客商的名义去拜会陈涌金。陈涌金开始拒绝接待，经再三恳说，勉强答应谈几分钟。陈涌金叫上了一壶茶，几个人喝着，气氛极为沉闷。陈涌金眉头紧锁，满面愁容，说话有一搭没一搭的，郭杰人几次想跟他谈谈药材生意上的事情，都被陈涌金摇头拒绝了。陈涌金说："我眼下官司缠身，应接不暇，没有心思谈买卖。"

郭杰人故意装出有些好奇的样子问："是什么官司啊，如此难缠，不如说来听听，或许我们也可一起帮出点儿主意呢。"

陈涌金一口回绝，并起身送客，郭杰人三人只得怏怏告辞。郭杰人让其表哥先回家，他与曾虎到陈家斜对面的酒楼一边喝茶一边商量计策。约半点钟后，曾虎偶一扭头，看见一人从陈涌金家出来，恰巧这人他认识，随即上前招呼。郭杰人见状，也凑上前去，由曾虎互作介绍，原来那人是陈涌金的妹夫叶志成，曾虎以前来表哥家曾经一起玩耍过。寒暄一阵，曾虎就约叶志成上酒楼喝酒，叶志成欣然从命，于是又一同上了酒楼。

趁叶志成去方便的时候，曾虎悄悄对郭杰人说："此人是个酒鬼，如能把他灌醉，或许能得到一些线索。"

郭杰人心领神会，叫曾虎多劝其酒，想方设法灌醉此人。

三人坐定，曾虎叫了满满一桌丰盛的酒菜，吃喝起来。几杯下肚，二人都豪情万丈，你来我往，极其亲切。喝到半醉，曾虎对叶志成说："我这位朋友姓胡，从四川、云南贩药而来，委托我表哥介绍给陈翁，想请他帮忙卖掉药材，可是陈翁却说官司缠身顾不上谈生意，不知道什么官司竟至于如此重要？"

叶志成半眯着醉眼说："这件事已经闹到上面去了，难道你没有听说吗？"

曾虎故作惊讶："难道是阿猫的事还没完吗？我只是道听途说，知道个大概而已，反正喝酒闲聊，你何不给我们说说，以助酒兴，如何？"

叶志成望着曾虎，神情像看怪物一般："省里巡抚已令青阳知县详查，你住在县城里怎么能不知道呢？"

曾虎笑道："我虽住在县城里，但终日忙着自己的那点儿小买卖，不管外面闲事的，偶尔来往的也不过是同样不管闲事的乡民村夫，从来没有人谈论新闻，我如何知道呢？"

叶志成故作玄虚地望了望四周，吞下一杯酒，叹了一口气说："唉，此事说来话长。情况是这样的，舍亲陈翁被二媳妇迷惑住了，听信其谗言，打死了孙女阿猫。事后张皇失措，向我要主意。我替他筹划计谋，就说阿猫与仆人通奸，抓获后打伤致死。前任知县黄朝云信以为真，便从轻发落了。没想到现任县官郭杰人要复查，听说这人是个清官，精明干练，断案如神。郭杰人上报省里，巡抚已令复查理清此案。而且，阿猫曾许配洪家，听说洪家也准备上告。陈翁为此事操劳，其他什么事也顾不上了。"

郭杰人敬了叶志成一杯酒，接上了话："你刚才到他那里去，想必也是为了此事吧？"

"正是。"叶志成老实承认，"胡先生的判断不错。"

"一定又想出什么好办法了吧？"郭杰人笑道。

叶志成承接了二人的碰酒，一饮而尽，话里也尽显自诩："这很简单，只要买通仆人高洪生，他坚认通奸，事情自然就烟消云散了。"

郭杰人与曾虎相视一笑，也一饮而尽。

叶志成似乎发觉自己说走了嘴，赶紧再三叮嘱道："你们二位不是外人，所以我才直言相告，千万不要张扬出去啊。"

"那是当然。"郭杰人又说，"你这位大哥也太糊涂了，仅仅因为二儿媳妇的缘故就打死孙女，似乎不合常理，怕是还有另外的原因吧？"

"那是当然。"叶志成已是酒精上涌，口无遮拦，"二儿媳妇平素很得公公的欢心，而阿猫怀疑母亲被婶母毒死，骂出口来，才惹下祸端。"

郭杰人问："果真投毒了吗？"

叶志成据实回答："是否投毒，我也不敢胡说，但确实可疑。因为争论继承人，妯娌不和已非一日了。"

饮酒之后，叶志成酩酊而去，郭杰人片刻不等，连夜赶回县衙，一面立即派人上报，一面令曾虎带衙役返回柳林镇捉拿陈涌金及其二儿媳妇、叶志成、高洪生等人归案。

过了几日，上峰批文下来，郭杰人随即升堂审案。先审高洪生，此人果然已被陈收买，承认与阿猫通奸，说得绘声绘色，活灵活现。再提叶志成上堂，郭杰人走下案台，对叶志成笑道："抬头看看，在柳林镇酒楼上和谁一起喝的酒，还不至于忘掉吧？"

叶志成一看，失声大叫："完了，全完了！"

又审陈涌金，陈一看到郭杰人，瞠目结舌，一骨碌跪下了。

郭杰人又命人到柳林镇挖出阿猫母女尸体检验，果然证明了其判断。在阿猫头部，发现一枚大铁钉直入脑中；而她母亲的骨节、指甲都变成青紫色，显然是中了烟毒的特征。经审讯乐氏，她承认自己把鸦片烟熬入药中，毒杀人命。

案件审结，乐氏被斩首，陈涌金获刑，叶志成被流放，黄朝云被罢官。

# 红裤露奸

这天早上，郭杰人去州府办公事，走的是旱路。一行人进入思柳河镇后，远远看见一个少妇穿着孝服，踽步独行，像是一个正在守丧的人。忽然一阵风起，吹开了妇人的裙子，露出里面所穿的大红裤。郭杰人大吃一惊，让从人缓行，尾随其后。走了一里多路，妇人到一座新坟前停下烧化纸钱，神色沮丧，叩头无数。郭杰人料想必有缘故，便叫曾虎去向妇人打听其姓名、住处，死者何人，何时因何而死。曾虎探明回报：死者是妇人之夫，无病猝死，是匆忙入殓，草草下葬的。

曾虎望着郭杰人一脸迷茫，"大人，这里有什么问题啊？"

郭杰人不假思索地说："妇人既是新近丧夫，里面却穿着大红裤，这绝对不正常！"

到了州府，郭杰人拜见知府并办理完了公事，星夜即赶回青阳县。回到县衙后，郭杰人旋即派人去通知那日守丧的妇人及其家属，说此事有疑，将要开棺勘验，让其在墓前等候。

次日，郭杰人带着曾虎、衙役及一个姓潘的仵作前往思柳河镇。他们来到坟场，看到死者家属已在此守候。但其家属不同意开棺验尸，说此事犯忌，如实在要做，请立具状。郭杰人果然立下具状，言明如无问题，愿将印信和乌纱交还上峰，引咎辞职。

接着掘墓开棺，一看尸体尚未腐败，遍体查验，没发现一丝一毫的伤痕。顿时哗然，衙门的人大都认为他没事找事，弄成骑虎难下之势。死者家属更是不依不饶，拦住郭杰人的轿子吵闹，要其兑现诺言。郭杰人回到县衙后，带上印信亲往知府那里缴印领罪。知府一向器重郭杰人，问他如何处理为好。郭杰人表示，他甘愿接受应得的处罚，但如果蒙大人怜悯，给十天限期查访，一定可以查明实情。知府同意了郭杰人的请求，让其带上一支知府令箭前去办案，言明如十天内不能办结，难辞其咎。郭杰人叩头称谢，手持令箭而出。

随后，一连数天，郭杰人乔装打扮，到处查访。这天，郭杰人伪装成布贩子走到一个叫独村的地方，天已黄昏，黑夜随即降临。独村很小，只有几户人家，却已关门闭户，只有村边有一间孤独的草屋里灯光闪烁。他急忙赶去，只见栅门半开，推门而入，一个老太婆在灯下做针线。

老太婆见了他问道："客人是干什么的？"

郭杰人答： "我路过此地，日暮途穷，无处休息，请借宿一夜。"

老太婆同意了，将他领到一间柴屋里面说："客人暂且在此歇息。如听到我儿子回来，请勿声张，以免他找麻烦。"

郭杰人应允，坐在草堆上养神，等待天明。

四更时分，传来叩门之声，是老太婆的儿子回来了。郭杰人见其没有恶意，即起身寒暄，彼此问询。郭杰人得知，男子叫解梁。解梁听说客人还没有吃饭，急忙请到堂屋，取来酒肉，二人对饮，谈意甚欢。席间，郭杰人问他作何生计，解梁笑而不答。

郭杰人又问："知县郭杰人为官如何？"

解梁说："官是好官，可是也当不长了。"

"此话怎讲？"

"一个女人谋杀亲夫被他看出了破绽。但是这个案子如若不问我是无论如何都弄不清楚的。"

郭杰人听他话中有话，几次故意用话激他，然而解梁只是笑笑而已，并不吭声。郭杰人也不再追问，只是饮酒说笑。二人越说越投机，郭杰人适时提出与解梁结拜兄弟，解梁也不推辞，于是焚香互拜，并叩拜了老母。

第二天，郭杰人告辞要走，母子俩苦苦挽留。到了晚上，郭杰人又问起那桩案子，解梁仍不作答。郭杰人发了脾气："你我既结为兄弟，理应肝胆相照，怎么能彼此隐瞒？看来你仍旧把我当做外人。好吧，我立即告辞。"

"不是我故意隐瞒，实在是事关重大，不敢随便乱说。现在我向老兄详细说清，万万不可告诉外人。"解梁起身关好门窗，又问，"你看我是干什么的？"

郭杰人说："当然是江湖豪杰了。"

"正是如此。"解梁在郭杰人耳边悄声说道，"不管城里乡下，凡有家有不义之财的，我必定在半夜弄到手，既供自己使用，也拿出救济贫困。我干这一行已不止一年，幸而从未被人发现。一个月前，听说某村一家藏着大量来路不正的钱财，准备劫来，不料走错了地方，误入那个死者之家……"

解梁一口气把事件的整个过程全说了出来。说到后来，解梁有些自嘲地笑了，"这件事我虽然了如指掌，可是在母亲面前也没有露过一言半语。我想这件事早晚有一天会要暴露的，当时恰恰我误入其家，岂不是上天的安排，让我去当证人吗？"

郭杰人听完原委，哈哈大笑，问道："贤弟看我是何人？"

"贩卖布匹的商人啊。"解梁不解地说。

"不是不是，实不相瞒，我就是本县知县郭杰人。"郭杰人还是笑容依旧。

解梁一听，面色发白，慌忙告罪。郭杰人拉住他，说："贤弟不必这样，我们既已结拜兄弟，就不分什么尊卑上下。而且这个案子如果没有贤弟说清，我也要被充军发配到万里之外去了，所以你是我的恩人。只是审讯时不得不委屈你在一旁作证。其实，我已从暗处得知你的情况，我是专门来拜访你的啊。"

说完，二人谈笑如故，饮酒甚欢。次日一早，郭杰人告辞离去。

回到县衙，郭杰人一面立即签令曾虎缉拿妇人，一面使人前往独村请解梁到庭作证。曾虎迅速行动，率人将妇人缉拿到案。不久解梁也赶到了县衙。此时已是酉时，郭杰人却并不稍等片刻，即时升堂审理。

被传讯的妇人面色如常，神情镇定，对谋杀亲夫指控坚不承认，百般抵赖，反复诡辩。郭杰人立即叫解梁出庭作证。

解梁说："……当晚我去劫财，走错地方，误入这妇人家。正蹲在树上察看动静，见有一男一女相对饮酒，已经醉醺醺了，互相玩笑，很不正经。忽然有人敲门，妇人急忙收拾杯盘，把男人藏在门外夹道中间，才去开门。门开后，一个男人跟跟跄跄跑入房内倒在床上，任凭妇人又叫又拉，一动不动。于是，妇人把藏起来的男人叫出，拿一枚铁钉从床上男人的头发中钉入脑内，男人疼痛滚地，一会儿就不再挣扎了。这时同谋的男人溜走，妇人便哭天抢地找来邻里，大家谁都没有发现伤痕，全以为是暴病而卒。前些日子知县开馆验尸时我也在旁观看，暗中看到同谋的男人将一包银子送给了验尸的仵作。所以虽然验到了头发，也报说无伤。"

妇人听言，大惊失色，匍匐在地，只有认罪，供出通奸杀夫的同谋。接着，同谋的男人和姓潘的仵作也被缉拿到庭，二人面对指控均供认不讳。随后，前往墓地再次验尸，果然在脑袋上找出一枚

大钉。再经审讯，供词无异，案情确凿。妇人与奸夫依律处斩，潘仵作获刑。

郭杰人洗刷了不白之冤，极为感谢解梁。自此之后，郭杰人待义弟如同亲弟。

# 无头怪案

一日，城内富商杜坚携儿子杜小甫等人来报官，昨日为儿杜小甫完婚，待仪式完毕，宾客散尽后，新婚夫妇杜小甫与陈慧娟竟遭暗算，新郎被击昏，险些送命，新娘被从洞房掠走，至今下落不明。

杜坚及杜小甫等人跪在堂下，声泪俱下，叩头无数，恳求县官大人为其做主，找还陈慧娟，缉拿凶手，查明真相，伸张正义。郭杰人好言安慰，使父子二人情绪慢慢稳定下来，方让其细说原委。

杜坚说，他早年继承了先代巨额家财，藏书也极为丰富。他生有一个儿子，名叫杜小甫。他有一个妹妹杜氏，嫁给本县的陈家，家境也还富裕，生有女儿慧娟，与杜小甫是同年同月生。两个孩子逐渐长大，容貌都很俊秀，感情越来越深。到了成年，都没有订亲。凡是有人来说媒的，双方都一概回绝。他心中只看慧娟合适，尝试着与妹妹一商量，妹妹也欣然同意。于是两家筹办婚事，并且于昨日将婚事顺利办完。本想应该圆满了，不曾料到会出这等祸事。

接着，儿子杜小甫哭诉道："凶手有可能是寄宿我家读书的周生。"

"此话怎讲?"郭杰人问。

"本县的周生和韦生，都是学中秀才，因为我家藏书甚多，二人便寄宿我家攻读。结婚前一天，周生对韦生说：'小甫与慧娟是天生的一对，吉日良辰，不知会多么情深意笃，说多少知心话呢!

我们两个应想办法去偷听一番，开他个玩笑。'韦生说：'这个容易办到，洞房之上就是藏书楼，我和你预先伏在楼上，听起来十分方便。'不料，此话正好被我听到。"

"你是如何听到的？"郭杰人仍问。

"巧了，当时我正在屏风后面看书来着。我听到后，心中暗笑，默默地思考着预防的办法。"杜小甫仍处于惊魂未定中，说话时断时续，"昨日下午，结婚礼仪完毕，宾客已散，我回到新房，准备就寝，忽然想起周生和韦生偷听的事，便蹑手蹑脚地轻轻上楼。那时夜幕初降，残月半掩，四周朦胧一片，我看到一个人正凭栏眺望，模样是周生无疑，便悄悄从背后过去，猛地用双手蒙住他的眼睛，本是开一个玩笑，哪知这周生竟动起真的，急转回身掐住我的咽喉，并且往死里使劲，我渐渐体力不支，一口气喘不上来，昏迷过去。"

仆妇也跟着上前来作证。仆妇说："当时，我正拿着蜡烛，端着面盆进洞房，准备伺候二位新人洗漱，可进去一看，洞房里一片狼藉，新郎新娘都不见了踪影，正诧异间，忽听楼上有人呻吟，我急忙举着蜡烛上楼察看，结果看到小甫外衣未穿，躺在地上，两眼翻白，呼呼喘气。我赶紧另拿衣服鞋子给小甫穿上，扶着他慢慢下楼，安顿在卧榻之上。我问小甫如何这般模样？小甫用手指指自己的喉咙，摇手让暂且别问。后来，我就报告了主人。"

"事情确实如此。"父亲杜坚接着说道，"当我得知儿媳妇失踪后，立即组织所有人在杜家大院里搜索，搜索进行了整整一个晚上，几乎搜遍了每一个角落，但仍然不见她的影子。"

"有从大门出去的可能吗？此外，有其他暗道通向外面吗？"郭杰人继续讯问。

"不可能。如果从大门出去，一定会经过门房，但门人并没有发现这种异常情况。"杜坚沉思片刻，说道，"要说暗道，确有一条当年的通淤道，不过已废弃多年，一时半会儿恐怕也疏通不了。”

“还有一个问题。”郭杰人捋胡拈须，在案桌前踱着方步，“为何怀疑周生？”

父亲杜坚禀告：“今日清早，门人听见动静，出来一看，见周生正自己去开门。门人看到周生衣衫不整，神态仓惶，形迹可疑，即刻报告与我。全家议论昨夜之事，有儿小甫的遭遇，加上门人亲眼所见，都异口同声认定必是周生所为。”

“周生现在何处？”

“可能在自己家里。”杜坚说，“周生出去后便未再见。”

郭杰人签令拘押周生，曾虎立即率数名衙役前去执行。周生果然仍在家酣睡，被曾虎擒个正着，很快被拘押到庭。

周生立于堂上，仍然睡眼蒙眬，神志不甚清楚，看着周围的一切，似乎陷入云里雾里，不明白到底发生了什么事。

郭杰人见到周生，脸上微微一笑，已经有了几分把握。明白这完全是一介糊涂莽撞的书生而已，哪里做得来那等杀人越货之事。几句话答问下来，这周生果然一问三不知，若是表演，那倒是几可乱真了。原来，昨日婚宴后，周生酒醉，不能回家，倒卧在书房之中。韦生也作证说，他看到周生酩酊不醒，也就独自回家了，并未像前日约定去偷听一番。周生辩说，他一觉醒来，天已麻麻亮，看书房里没人，知韦生已回，便跟跟跄跄开了杜家大门回家继续睡觉，并没有去做那等下流丑陋之事。

杜坚摇头，不信周生之言。他说：“周生说自己一夜醉卧书房，并无任何人证明。相反，周生的嫌疑最大。”

郭杰人对杜坚的说法不置可否，令人先把周生押入牢中，听候发落。随后，让杜坚等人领路，带曾虎前往杜家大院勘验现场。

郭杰人来到杜家大院假山后面的通淤道，拨开杂草细看，通淤道果然已被挖开，形成一个洞口。郭杰人、曾虎、杜坚、杜小甫等

人循着洞口到了大院外的后山，在后山的小路边寻到了一只绣花鞋，杜小甫一看便知是夫人慧娟所穿。众人沿小路往前追去，约三里许，到了一片松林，看到一块巨石边躺着一具女尸。女尸无头，身着新娘礼服，上面血迹斑斑，惨不忍睹。杜小甫一见，大喊一声，扑到新娘身上，昏死过去。

郭杰人带着残尸回到县衙，正坐在书房思索如何侦破此案，又有人来击鼓报案。

来报者是一老汉，他身后一群壮汉扭着一个小伙子。老汉称，他叫周州，是本县周家村人士，他扭送报官的小伙子叫刘二。这刘二有兄弟俩，兄长名刘大，弟弟名刘二。刘大已娶他女儿周氏为妻。上月周氏回娘家探亲，住了一段时间，昨日返回夫家，刘大有事不能脱身，委托弟弟刘二前去迎接。但刘二把周氏从其娘家接走后，只抱着侄儿回到家，他女儿周氏至今未到夫家。他获悉后，与刘家兄弟一起沿路寻找未果。据此，他怀疑其小叔子心怀不良，企图强奸嫂子不成，只有杀人灭口，并掩埋毁证。于是，将刘二扭送官府，望大人明辨是非，为他女儿洗刷冤屈。

"冤枉啊！大人！"刘二大叫一声，双膝着地，"昨日下午我去周家接到嫂子和侄儿后，一路边走边谈，行至松林，嫂子累得气喘吁吁，坐下歇息，我看阳光炎热，急催嫂子快走，嫂子说让我先走一步，她随后跟来，我便抱着侄儿先行。回家之后很久，嫂子仍不见回来，我与哥哥都觉得奇怪，便沿路寻找，找到嫂子歇息之处，不见人影，再去周家探询，也不见返回。今日接着寻找，还是不见踪影。但我确实未伤嫂子，请大人为小的做主。"

跟在后面的刘大也到堂前为弟弟开脱："我和弟弟感情很好，我很清楚他的为人，他绝对不会干这种伤天害理的事情。"

郭杰人听到此，心里已经明白几分。他不动声色地说："诸位，请跟我来。"

一行人进入停尸房，郭杰人令仵作掀开尸布，众人忽然看到一具无头女尸，大惊失色，好一会儿才镇定下来。刘大首先说："这女人穿着新婚礼服，不是本人妻子。"清醒过来的周州显得有些气愤："大人，你拿一具无头女尸来给我们看是何意？"其他人也相互嘀咕，面露不满之状。

"刘大，我问你，你妻子身上有什么特征吗？比如胎记和色痣之类的标记。"郭杰人不紧不慢地问道。

刘大歪着头想了想说："我妻子背后左下侧有一块胎记，胎记呈肉红色，很是显目的。"

仵作奉命将无头女尸翻过来，掀开衣物，露出后背，众人一看，其左下侧果然有一块显目的胎记。刘大见状，扑到无头尸身上放声大哭。周州一看，当即昏死过去。其余周家汉子则围住刘二，准备施以拳脚。

郭杰人一声断喝："都给我住手！公堂之上，谁敢泼赖造次，定严惩不贷！"

众人终究未敢动手，都齐刷刷地跪在郭杰人面前，磕头请愿："青天大老爷，一定要严惩凶手，为民做主啊。"

郭杰人叫众人起身，言辞凿凿地说："诸位放心，国有国法，家有家规，朗朗乾坤，自有公理，绝不可能让杀人者逍遥法外！此案我一定给诸位一个完满结果，现在诸位请回。至于刘二，押进监牢，听候处置。"

夜深，正秉烛思考的郭杰人忽然大叫一声："来人！"

衙役大惊，闻声而入，郭杰人立即吩咐道："叫曾虎带三十名衙役，我们一起马上赶往杜家。"

郭杰人率曾虎等人到杜家时，杜家大院气氛一片悲戚，一大家人呆坐在餐桌旁，相对无语，满桌的菜肴几乎未动。忽然见到县官大人再次到来，不胜惊讶。杜坚慌忙起身抱拳恭迎："不知大人驾

到，有失远迎，还望恕罪。"

"免礼免礼。"郭杰人摆摆手，转而问道，"杜小甫何在?"

杜小甫起身说："小生在此。"

"有一事还需求证，你在藏书楼苏醒后，外衣是否被剥下?"郭杰人问。

"正是，我苏醒后，所穿新婚礼服被剥下，只剩下内衣裤。"杜小甫答，"仆人张妈也可证实。"

仆人张妈也起身证实了杜小甫的说法不假。

郭杰人立即叫杜坚和杜小甫领他们去藏书楼，二人不敢懈怠，当即领着郭杰人等人上到了藏书楼。随着郭杰人一声令下，曾虎及衙役如一群劫匪，毫无章法地翻箱倒柜，弄得狼藉一片，杜坚和杜小甫暗暗叫苦不迭。

不多时，一个衙役抱着一堆衣物向郭杰人报告，郭杰人一见，大喜过望，"好好，我要找的就是这东西。"说完，让衙役仍然抱着衣物，告辞杜坚父子离去。

回到县衙，郭杰人在灯下仔细查看衣物，并从衣物口袋里找出一封信。他展开细读，不一会儿，他脸上渐渐露出了自信的微笑，喃喃自语道："有了，有了。"

第二天，曾虎率衙役前往高州城，从高州城最大的赌场里将嫌疑犯擒获并押送回来。让杜坚父子万分惊喜的是，慧娟也同时被安然无恙地带回了家。

更让杜坚父子万分惊讶的是，被抓获的嫌疑犯竟然是杜小甫乳母的儿子阿笨。

公堂上，阿笨对所犯罪行供认不讳。原来，阿笨游手好闲，不务正业，嗜赌如命。每逢赌输就偷杜家的东西变卖或者典当，用来偿还赌债。杜小甫对阿笨十分厌恶，告诉门人不许其再进家门。阿笨对此怀恨在心，早有报复之意，得知杜小甫即将举办婚礼的消息后，他决定一不做二不休，干脆玩一票大的，彻底报仇雪恨。为此他进行了周密细致的谋划，暗地里疏通了通淤道，准备了短刀、麻绳、麻袋等工具。到了婚礼当天，阿笨混在人群中，悄悄藏入书楼，等到夜深人静时再伺机作案。宾客走后，阿笨正伏在栏杆上观察动静，猛然被杜小甫蒙住眼睛，以为杜小甫上楼来捉拿自己，急转回身掐住杜小甫咽喉，并且用尽全身蛮力，杜小甫哪里是他的对手，很快便眼珠翻白，瘫软在地上。阿笨以为杜小甫已死，于是脱掉自己的衣服鞋子，塞在书箱下面，把杜小甫所穿衣物剥下换上，大步下楼，直奔洞房。阿笨窜入房中后，见新娘在床头默想，一口吹灭蜡烛，双手钳住慧娟，并迅速将一团布塞进其嘴里，再用绳子捆了，往肩上一扛便出了洞房。阿笨身强力壮，背着慧娟一路小跑，很快便绕过假山穿过通淤道，沿小路一口气到了松林，却见一妇人正坐在路边歇息。妇人见了阿笨，知道遇到了劫匪，大惊失色，撒腿便跑，一边跑一边还大喊大叫。阿笨见状，赶紧放下慧娟，撵上去抓住妇人，一刀结了她，并且将头割下，埋进土里，再将二人衣物互换，把慧娟装进麻袋，日夜兼程赶到高州城，径直到了妓院，将慧娟卖给了妓院老板，拿了钱直奔高州城最大的赌馆。哪知赌兴正浓，却被赶到的曾虎逮了个正着，并且及时解救了慧娟。

退堂后，曾虎不解地问郭杰人："大人，您是如何知道罪犯竟是这阿笨的？他可是自始至终都没有露过马脚的。"

"非也，其实任何犯罪都会或多或少或明显或隐秘地留下痕迹，无一例外。"郭杰人惬意地啜了一口茶，右手习惯性地捋了一把光秃秃的脑门，"此案一开始便有些蹊跷，作案手段比较反常，我想作案者如果不是内部人员就是相当熟悉杜家大院的人，而且仇恨杜家父子。我曾在暗底下问过杜家父子，跟谁结下过梁子，但父子二人都有长者之风，一向隐恶扬善，并未明显结下仇家，这使我相当迷惑不解。是劫匪给无头女尸换衣物的情况启发了我，其实这劫匪自己也是换了一次衣物的——

既然杜小甫被扒去衣物鞋子，那么劫匪的衣物就必定藏在楼上，只要搜出衣物，案件就可查清。一搜果然在书箱下面找到了破衣旧鞋，并在腰带囊中发现了一封别人约阿笨去高州城赌博的书信。于是元凶落网，案件告破。慧娟失而复回，杜小甫夫妻团聚。"

　　案件审结，阿笨被判死刑，斩首示众。

# 盗尸诈控

一日，有高州镇人士王士毅递上一纸诉状，具称：其堂妹阿梅，随母嫁给陈天万为妾；陈天万的嫡妻许氏忌妒她，以毒药毒害阿梅致死，唇齿皆青、十指呈弯曲状。陈述既毕，并呈上诬告反坐的甘结（文书）。

郭杰人承办此案后，即率人前去勘验，却找不到尸体。王士毅在一旁辩称，说是陈天万怕人验伤，将尸体移灭了。陈天万全家都害怕了，竟无人出来答辩。

郭杰人得知阿梅曾经得痢疾两个月，把当时给她看病的医生叫来询问，证明情况属实，吃药也没什么问题。又细细端详陈天万嫡妻许氏，见她腹大如牛，需三四个人搀扶才能蹲踞，一问她已经害了九年大肚子病，再看她满脸愁容、凄惨悲伤的样子，根本不像那种会忌妒甚至要毒害人的坏女人。

接着，郭杰人传来死者的母亲林氏，问道："阿梅死时，王士毅来过没有？"

林氏答："当天没来，第二天来了。但没有进我家门，到他表姐廖阿西家去了。"

廖阿西被传唤上堂，郭杰人继续讯问："那天王士毅到你家了吗？他跟你说了些什么？"

廖阿西答："他问我阿梅的尸体埋了没有？我告诉他已经埋了。他又问我埋在什么地方？我说埋在后边岭上，然后他就走了。"

王士毅立即被传唤上堂，郭杰人见到他，冷笑一声道："堂妹死亡，你不去悼念，不去帮着处理后事，却去你表姐家打听阿梅的尸体埋了没有？是何居心？"

王士毅脸红一阵白一阵，久久无语，待其开口后却仍然否认。

郭杰人大怒，拍案而厉声道："偷尸者就是你王士毅！"立即令人给他戴上夹棍，王士毅这才承认偷尸。

王士毅说："是雇的乞丐，趁夜间无人挖开坟墓，将尸体偷走的。"

郭杰人再问："把尸体藏在什么地方了？是何人指使你这样干的？"

王士毅支吾一阵，眼神在四周滴溜溜地转，好像在寻找什么人，又好像害怕谁，竟不肯再回答任何问题。

郭杰人估计旁边有人在观察案件发展的状况，便喝令将王士毅责打三十杖，然后宣布：给王士毅戴上枷锁，游街示众；陈天万一家及乡里受牵连的人，一律释放。这时，前来观看审讯的几千群众，都以为此案完结了，立刻欢声雷动，众人围绕在四周下拜称颂。

游街不到半里，郭杰人密唤曾虎近前，悄悄对他说："你脱去衣服帽子，化装前往东门旅店，问一下高州来客王士毅投宿了几天，住在哪个房间；房间内如果有人，就立刻绑来。"

曾虎依计而行，到了东门旅店，问清房号，推门而入，果然看见房间内坐有一人，二话不说，径直上前捆了，直接押送回到县衙。

在公堂上，此人自称叫王爵亭，是一名讼师。王爵亭神态自若，举止从容，好像对此案一概不知，而且声称与王士毅素不相识。王士毅也不看王爵亭，口气很硬，脸扭向一旁，一副不服气的样子。

郭杰人问王爵亭："知道为什么抓你吗?"

"小民不知。"王爵亭一脸糊涂状。

"状纸及甘结可是你手写?"

"小民对此案闻所未闻,哪里会写状纸及甘结。"

郭杰人一招手,代书及保家被传唤上堂,二人看到王爵亭和王士毅后当庭指证,当日王爵亭确是与王士毅一同去的。然而,王爵亭说空口无凭,拒不承认。郭杰人又一招手,衙役拿来纸笔放到王爵亭面前,令他写供词。写完一看,跟原状纸上的笔迹完全一样,于是当庭给王爵亭戴上刑具,王爵亭这才供出实情。原来,此事主谋是老讼师陈伟度,由其出谋划策指使他们干的。阿梅的尸体被偷出后,埋在乌石寨外面,具体地点二王都不知道,只有陈伟度清楚。据此,郭杰人立即派曾虎等人星夜出发,前往侦缉,天明时便抓获了陈伟度。

陈伟度一到公堂便大声喊冤叫屈,一副煞有介事的样子。"冤枉,真比窦娥还冤啊。陈天万是我没有出服的弟弟,我会害他吗?"

郭杰人不动声色,说:"害没害他你自己心里清楚。"然后,把王爵亭传唤上堂,与陈伟度对质。

王爵亭一见陈伟度,便指着他愤愤不平地说:"你就别嘴硬了,难道不是你指使我们干的吗?当初,在乌石寨门楼中,你找我们两人商量这事时,你说过,这样做有五利:一是不怕官府验尸无伤;二是远隔家属,不怕暴露;三是官府如果调查起来,就说被告人畏罪毁尸灭迹,合乎情理;四是尸体查不出,判官无法结案,我们乘机向陈天万等人敲诈,发财致富便指日可待了;五是事件平息之后,仍不告诉他们实情,阿梅的尸体永远找不到,我们也就永无后患了。这些不都是你说的吗?事到如今,还有什么好说的?事情既已暴露,你为什么还不从实招供,独使我们二人受罪呢?"

可是，陈伟度还是一口咬定没参与此案，拒不认罪。

"我问你，陈伟度，"郭杰人说，"既然王爵亭、王士毅是你兄弟仇人，为什么你还在东门旅店跟他们一起吃饭呢？"

陈伟度没料到这一着，急忙应对道："这是偶尔为之。"

郭杰人紧追不舍，"吃一次可以说偶然，连日共饭，难道也是偶然吗？"

陈伟度狡辩道："青阳县城里饭店少，不得不共饮。"

郭杰人转而说："你们连日在旅店商量，若是仇人相遇，哪有这么多话说？"

陈伟度反而将责任推脱干净，"因王爵亭、王士毅他们诬害我弟弟，所以我故意用好话劝他们。"

"这一劝也真是劝到家了，"郭杰人笑道，"你不仅跟他们共饮，还跟他们同睡。"

陈伟度一惊，慌忙矢口否认："没有的事。"

郭杰人又笑了，"恐怕天下没有比你脸皮更厚的人了。"

说毕，又将一对父子传唤上堂，陈伟度一看，脸红一阵白一阵，嘴唇翕动几下，却无话可说。

这对父子同时指着陈伟度说："是的，就是这个陈伟度跟王爵亭、王士毅在我们家同宿三天。"

陈伟度终于理屈词穷，耷拉下脑袋，"是的，我就是主谋。"

随后，陈伟度交代阿梅的尸体埋在乌石寨外下溪尾，深约四尺，上面有一棵树砍了半截作为记号。

郭杰人立即派曾虎及仵作前往起尸确证，经林氏和陈天万辨认，确系阿梅无疑，又令仵作勘验，浑身上下都很正常，没有被害迹象。

原来，事情的起因很简单，陈伟度与陈天万因祖传房屋变价之故，结下了怨仇，便借阿梅病死之机，移尸陷害陈天万。

此案审毕，陈伟度、王士毅、王爵亭三人各依法杖责一顿后，戴上木枷，由乡民举着写明此事的木牌，周游四乡示众。全县百姓，无不拍手称快。

# 卫成雪冤

一日，青阳巨富郦东湖的女儿郦珊珂与嫂嫂一起去明月寺上香，回来的路上与号称该县神童的卫成相遇。珊珂见卫成相貌白皙俊秀，一副潇洒风流、聪颖可人的样子，心中甚是爱慕，老是看他，走出很远还不断回头张望。嫂嫂一眼看出了珊珂的心思，低声告诉她，这卫成生长在读书人家，小时候就很聪明，十三岁应童子试，被考官列为第一，并断言此人以后一定会青云直上，飞黄腾达。卫成因此名声大噪，传遍县城。不少人对他十分羡慕，愿把自己家女儿许配给他，但卫成在婚姻问题上不肯草率从事，一直没有定亲。由于卫成与珊珂哥哥的关系很密切，所以嫂嫂认得他。嫂嫂笑道："如果小姑心中有意，就让你哥哥去给说媒。"珊珂低头含笑不作答。

郦珊珂长得聪明伶俐，不但精于针线，而且酷爱诗画。父亲对她极其钟爱，为给她选一个称心的女婿十分为难，因此长期拖延没有婚许。但自从那天见到卫成后，这书生的身影不断在珊珂心中萦绕，时刻想念着，以致茶饭不思。

嫂嫂与珊珂关系不错，相处融洽，很了解她的心思。嫂嫂见此情景，笑道："小姑这个样子，是不是为了卫成啊？倘若真能成就良缘，倒是天生的一对。可是他虽有才学，但家境很苦，一贫如洗，不知你会不会嫌他穷呢？"

珊珂叹息道："贫穷富贵没有定数，只要肯于图强，贫穷有什么可怕呢？"

嫂嫂一拍巴掌，说："这就好办了！你自己多加保重，三天内听我的回音吧。"

珊珂大喜，疾病顿时消失。

恰巧此时，县中有一个公子，年方十八，家境富饶，积蓄很多。公子久闻珊珂美貌多才，便委托媒人到郦家说亲。珊珂的父亲也羡慕公子门第显赫，家财豪富，立即欣然应允。珊珂的嫂嫂听此消息，知已无可挽回，只好全部告诉珊珂，并婉言相劝，"我听说此公子也正当少年，才貌并不弱于卫成，而且门第家道比卫家有过之而无不及，像这样的天赐姻缘，焉知不是你的福气！你又何必一定厚此薄彼，死心眼钻牛角尖呢？"珊珂无可奈何，只能听从父亲的安排。

成亲那日，张灯结彩，贵宾满堂，十分热闹。夜深，客人散去，新郎步入洞房，见珊珂在帐中低头含羞而坐，于是脱去礼服，出外小解。突然，黑暗中窜出一人，从后面抱住公子脖颈，手持钢刀直刺公子胸膛。公子未及呻吟，一命呜呼。凶手直奔室内，吹灭蜡烛，钻入床帏，猛地搂住珊珂，意图行奸。珊珂以为是公子，十分惊诧，忙问："你为何这般粗野？"

那人低声答道："我、我并非公子，我、我是卫成啊！深感你的情、情意，今天特来相、相谢！"

珊珂大惊失色，急忙说道："公子刚刚出去，马上就要回来，你快快离开，以免闹得不好看！"

"你、你尽管放心。"那人满不在乎地笑道，"公、公子已被我杀、杀了！"

珊珂一听此话，失声痛哭，"你可害苦我了！天啊，这可怎么办好！"

那人见此情景，不敢久留，慌忙抢下珊珂头上簪饰，急急溜走了。家人听到珊珂的哭声，打着灯烛进去询问出了什么事。珊珂把

刚才的事情一讲，众人大吃一惊，急忙外出寻找，果然看到公子满身血污，僵卧在地。家人们急忙写好诉状，告到县衙。

郭杰人接到诉状，对其家人稍作询问后，即命曾虎等人将卫成和郦珊珂拘传到案，分别审讯。珊珂哭诉情形，声称与卫成素不相识，实在不知杀人之情，其状甚为可怜。轮到审讯卫成，由于他乃一文弱书生，从未登过公堂，忽受追问，结结巴巴不知如何对答，十分恐惧，样子也极为可疑。但他也拒不承认杀了公子，审讯一时陷于僵局。郭杰人令人把卫成关进监牢；珊珂虽不知情，但事出有因毕竟不能洗脱嫌疑，也暂时监押。

回到后堂，郭杰人觉得事有蹊跷，心生疑惑。于是，他秘密命令曾虎扮作狱吏打扫一间房间，准备好床铺被褥，把珊珂与卫成放入其中，察看情形，如实禀报。曾虎照办，还预备了酒菜，将二人叫来说道："我看你们俩确实是天生一对，可是很快就要生离死别了，真让人可惜。所以我特地准备了点吃的，虽然不成样子，勉强供你们话别吧，可千万不要推辞才好！"珊珂和卫成极力谢绝。曾虎又说："这不过是我的一点儿怜悯之心，以表同情，你们不要多心。"然后把门从外边锁上走了。

珊珂过去在明月寺回家途中遇见卫成时，因有嫂嫂的介绍而知道他，可卫成并不认识珊珂。卫成因公子被害而身陷囹圄之后，自以为与珊珂无仇无怨却横遭她的诬陷，对她极端痛恨；至于珊珂，最初虽然钟情于卫成，但自公子遭难之后，认为他凶暴残忍，爱恋之情完全消失了。但今天被倒锁在这间房中，彼此相对，都难免有些动情。

终于，卫成强打精神走上前去，向珊珂深深作一揖说道："我与你平日无仇无怨，忽然飞来横祸，诬我杀人，请问究竟为了什么？"

珊珂冷笑道："杀人者抵命，有国法明文，你自作自受，何必怨我！"

卫成叹息道："你至今还以为杀人凶犯真是我吗？你看我这样一个人，体弱无力，连一只鸡也抓不住，怎么能去杀人呢？你既然咬定是我，我有一百张嘴也分辩不清，可是枉担了强奸杀人的罪名，我实在不甘心。如果你还有一丝善良的心肠，真的让我亲近一次，那么我被处死也可瞑目了。"

珊珂听他说得可怜，心中也觉凄惨，不忍严厉拒绝。但等到卫成走近身边时，她问道："那天你说话结巴，又有刺鼻的狐臭，今天怎么一点儿也没有了呢？"

卫成笑道："我从来也没有这样的毛病，你这话是从何说起？"

珊珂于是把公子被杀当夜凶手的形迹说了一遍，奇怪地说："那么凶手果然不是你吗？"

卫成感慨万端，忍泪说道："事已至此，看来铁案难翻，想来怕是前生注定的吧！今天你当面辨明，知我冤枉，我也就无可怨恨了！"

珊珂连忙说："现在我完全知道你是无辜的了。无奈已经定案，轻易不能平反。你如受屈而死，我也必定相随九泉，决不一人独活世上！"

珊珂和卫成并不知道，曾虎早在门外把二人的对话听得一清二楚。曾虎回到后院，将二人原话禀报给郭杰人。郭杰人得知，马上传讯珊珂的父亲上堂。

郭杰人问郦父："在你家经常来往的人中，有一个身带狐臭、说话口吃的人吗？"

郦父沉思半天，答道："只有做衣服的金二朋是这样。"

郭杰人大喜："这就对了。"

立即命令曾虎捉拿金二朋到案。

金二朋被押上公堂，郭杰人厉声喝道："你这个杀人凶犯，作

了案嫁祸于人，还不赶快如实招来！"让左右衙役细搜其身，果然搜到一张当票，按票到当铺取来一看，正是珊珂结婚当天头上所戴簪饰。

"赃证俱在，你还有何话可说？"郭杰人冷笑道。

金二朋只好供认罪行。

原来，金二朋经常在郦家做缝工，郦家的衣服全都出自他手。珊珂长大以后，身上的衣裙不是金二朋做的便不穿。金二朋错以为珊珂姑娘对他有情有义，不时想入非非。另有一妇人，一直在郦家当仆工，早与金二朋相好。在珊珂与嫂嫂议论卫成的时候，被她悄悄听到，便当做笑话说给金二朋听。金二朋早就垂涎珊珂，正苦于无从下手，听到此事，便心生恶计。在公子娶亲那日，他潜入宅院，阴谋孤注一掷，杀死公子，冒充卫成，达到奸污珊珂的目的；纵然不成，也可以嫁祸于人，自己逍遥法外。现在案件查清，金二朋无从抵赖，终于被依法处决了。

后来，郭杰人亲自出面做媒，成全珊珂、卫成的婚事，还鼓励卫成能读书上进。后来，卫成发愤努力，果然中了进士，名传一时。

# 智断凶案

青阳县的胡成与冯安同村居住。两家人世代有仇，关系不睦。胡成父子性情强悍，冯安只好委曲求全，主动与他交好，但胡成一直不相信他，因此他暗地里也记恨在心。

有一天，胡成请冯安喝酒。胡成是个见酒就喝，一喝就醉的角色，自然这次也不例外。喝到七八成时，胡成吹牛说："不要怕没钱，弄个百两黄金并不算难。"

冯安知道胡家并不富裕，因而轻蔑地一笑，并不作答。

胡成见被冯安耻笑，便故作认真地说："告诉你实话吧，昨天我把一个过路商人杀掉扔入了南山枯井，他的钱财全是我的了！"

冯安并不相信，仍然冷笑不止。恰好当时胡成的妹夫郑伦托他置买田产，有一笔金银寄存在他家，胡成便跑回家拿出来在冯安面前炫耀。

冯安见果有真赃，信以为实，暗地里写了状纸告到县衙。

知县郭杰人依状拘讯胡成，胡成据实招供，说只是酒醉戏言而已，自己并未杀人。讯问郑伦及其他人证，都证明胡成说得不错，未有虚假。

郭杰人笑道："是真是假，到现场勘验便知。"

同去到南山枯井勘验，曾虎顺着绳索下井，却真的发现一具无头尸体。胡成得知大惊失色，连声称冤。

郭杰人不动声色地说："证据确凿，你还叫什么冤屈？"当即令人给他戴上死囚的刑具，监押起来。又下令不要把尸体由井中取出，到处张贴告示，让尸主前来认领。

过了一天，有个妇人手持状纸到县衙见官，自称是死者之妻。

妇人递上状纸，不假思索地说："我丈夫何甲拿着几百两金银外出经商，被胡成杀死。"

"枯井之中虽然发现一具尸体，却恐怕未必是你丈夫。"郭杰人说。

妇人坚持说是，并请求去现场验看，态度十分坚决。

郭杰人等一同又赶到现场，令人把尸体取出，妇人站在远处，一看果然不错，随即号啕大哭。哭声之巨，三里外可闻，闻者都心酸不已。

郭杰人见此情景，似也动了恻隐之心，对妇人和颜悦色地说："凶犯已经抓获，但现在尸体不全。你先回去，等到找到头颅，就上报让凶手抵命。"

在衙役的护送下，妇人哭哭啼啼地走了。

回到县衙，郭杰人命人从牢中提出胡成。见到胡成，郭杰人脸色一变，大声呵斥道："现在马上去找人头，如果明天再交不出人头，我就打断你的腿！"

差人押着胡成东奔西跑地找了一天，空手而返。再审时，胡成只是号哭。郭杰人把刑具放在堂上，做出要行刑的样子，但又不动手，说道："想必是你作案后移尸匆忙，不知把头颅掉在哪里了，为什么不去仔细寻找？"

胡成百般哀求，请宽限几日，让他再找。郭杰人准了，让衙役押着胡成继续寻找头颅。

接着，郭杰人又传来那妇人，问她："你有几个孩子？"

妇人答："没有。"

又问："何甲有什么亲属？"

妇人又答："只有一位堂叔。"

郭杰人叹息道："唉，你年纪轻轻地便死了丈夫，孤苦伶仃，以后怎么生活呢？"

妇人听后扑通一声跪下，又号啕大哭起来，嘴里还含混不清地说着请县官大人怜悯的话。

郭杰人说："此案已基本理清，罪犯的罪行已经清楚，只要获得头颅，此案就可审结了。结案之后你就能再嫁。你是个年轻妇女，以后不要再到衙门来了。"

妇人感激涕零，叩头下堂。

郭杰人又发出告示，让乡民百姓代寻尸头。

过了一夜，死者同村的王怀中前来报告，说头颅已经找到。郭杰人问清验明，赏给他一千文钱。

然后，郭杰人传来何甲的堂叔，对他说："这个案件已经审结，但人命关天，不过一年不能最后结案。你侄子既然没有子女，他妻子难以生活，应当让她早嫁他人。今后也没有什么别的事情了，如果上司需要复审，只由你出面应承就行了。"

何甲的堂叔不肯，郭杰人下令动刑。其堂叔害怕受苦，只好勉强答应。妇人听说，到县衙谢恩。

郭杰人对妇人百般劝慰，随即又宣布："有谁愿意娶她为妻，当堂办理手续。"

消息传出公堂门外，有一人立即投状表示愿娶妇人为妻。郭杰人一看，正是那个报告找到人头的王怀中。

县令把王怀中和妇人叫到公堂，问道："杀人的真凶到底是谁，你们知道吗？"

妇人说："是胡成啊。"

王怀中也说："是胡成啊。"

郭杰人说："不对，凶手并不是胡成！"

"啊，那是谁啊？"二人表情愕然。众观者也都表情愕然，不明就里。

"杀人凶手嘛，嘿嘿。"郭杰人冷笑一声说，"远在天边，近在眼前——就是你们俩！"

二人听后大喊冤枉，极力声辩，叩头不止。

"且听我说。"郭杰人对妇人缓缓说道，"我早就估计到了此案真情，所以迟迟才揭露，是恐怕万一出现什么冤屈。我来问你：第一，尸体尚未由井中取出，你怎么就知道是你丈夫呢？尸体取出后，你只是远远望了一眼，并未近看，就一口咬定是你的丈夫，很显然，这是由于你事先就知道他已经死了。第二，何甲的尸体上穿得那么破烂，哪里会是有数百两金银的人？你不过是在为撒谎找借口而已。"

妇人慌忙匍匐在地，无言以对。

郭杰人又转而对王怀中说："王怀中，我问你，何甲的头颅在什么地方，你怎么知道得那么清楚？而胡成找了很久都没有找出来！你之所以这么着急地交出来，恐怕是为了快点把这妇人娶到家吧？岂不知，你们一下就钻进了我布的口袋。"

王怀中亦瞠目结舌，一句话也说不出来。

郭杰人再加审讯，二人果然供出了实情。

原来王怀中与妇人早就勾搭成奸，正想谋杀何甲。那天，王怀中路过冯安家门口时，刚好听到胡成在吹牛说谎，于是就钻了这个空子，以图嫁祸于人。最后，胡成释放回家，冯安因为诬告被打了一顿板子，判刑三年。王怀中与妇人均被判极刑，秋后处斩。

# 杰人审树

这天，青阳县人何杰从海外归来，带回了许多金银，装在一只包里，背在背上，行色匆匆往家赶。不料天色昏黑仍未到家，他怕遭到抢劫，四望无人，便把金银埋在一棵树下。埋完之后又环顾周围，证实的确无人看到，才乘着月色返回家中。

何杰到家，天已二更，妻子迎进，互话离别之情。

何妻问："奔波海外，有什么收获吗？"

何杰答："获得若干金银，途中害怕遭抢，埋在某树之下，明日即可取回。"

次日早起，何杰见院门虚掩，心中疑虑，查看家中并无所失才稍稍安定，然后前往树下取金银。挖开一看，昨日所埋金银踪影皆无，灰心丧气，懊恼异常。想来想去，不如报告县府，或许还有希望。于是急忙写好呈词奔赴县衙。

知县郭杰人升堂，详细讯问埋金情况。

郭杰人问："你外出共有几年？"

何杰答："四年。"

问："有父母吗？"

答："没有。"

问："有子女吗？"

答："只有一子，今年四岁，我外出时刚刚出生。"

问："家中有婢仆吗？"

答："一切家务都由妻子操持，并无婢仆。"

问："这样说来，你不在时，家中只有妻子和小儿了？"

答："是的。"

问："你昨晚回来，曾经遇见了什么人吗？"

答："没有。"

问："你回家后发现什么异常吗？"

答："也没有。"

问："你埋藏金银的事告诉了什么人吗？"

答："没有。"

问："难道连妻子也没告诉吗？"

答："我到家夜色已深，儿子已经睡熟，只与妻子讲了。"

问："她高兴吗？"

答："不喜也不怒。"

问："你再想想，家中是否有什么异常？"

答："并无异常。"

郭杰人说："如果当真没有异常，我也就无法弄清这个案子了。"

何杰沉思片刻，说道："今早起来我发现大门虚掩，不知是否算作异常？"

听完之后，郭杰人怒形于色，拍案大叫："千不怪，万不怪，都怪那棵树！有人在它那里寄存金银，为什么不认真看守，以致失盗？"

于是命令衙役前去拔树，何杰说："那树很大，拔不下来的。"郭杰人说："拔不动就锯！"

衙役奉命而去。

郭杰人又问何杰："你来告状，你的妻子知道吗？"

何杰答："不知。"

郭杰人说："回去不能告诉给她，否则就要罚你！明天一早，你带着儿子来衙听审。"

何杰唯唯诺诺，回家后果然不与妻说，妻子询问金银的事，也只是含糊应付。

次日，何杰抱着儿子赴县衙，差役们正在往衙中运树。过路行人纷纷探询所为何故，当知道郭县官要审树时，不禁哈哈大笑说："这郭大侠又犯了神经病了，树也是能审的吗？"一时到处传说，前来看新奇的人很多。

郭杰人升堂，让衙役把大树放在庭下，叫旁观众人一齐进院，然后吩咐关上大门。郭杰人让何杰抱着儿子立在案前，让观众一个一个由东阶而上，西阶而下，逐一走过。走过了几十人后，何杰的儿子忽然对一个人喊道："叔叔抱我！"

郭杰人立传此人讯问："你认识这个孩子吗？"

那人说："不认识。"

试着让那人抱何杰的儿子，孩子竟伸手求抱，状甚亲近。于是，郭杰人指着那人说："偷盗金银的一定是你，你赶快交出，尚可饶恕，否则要两项罪名同时惩罚！"

那人仍说毫不知情。郭杰人又让何杰问孩子："这个叔叔你在哪里见过？"

孩子说："这是我家叔叔。"

"叔叔喜欢你吗？"

"喜欢，他常给我东西吃。"

"叔叔住在哪里？"

"家里。"

"谁家里？"

"我妈家里。"

郭杰人正颜厉色向那人说道："前天何家大门虚掩，难道不是你干的？不说实话，小心皮肉吃苦！"

那人害怕了，只好供认；郭杰人派人跟他前去，由家中起出赃物，分文不少。

案件办完，众人齐称郭杰人神明。郭杰人淡然一笑道："哪里有什么神明！这正是我'以癫惑人'的办法。大家想想：他埋银时无人看见，次日清晨去取却不翼而飞，道理何在？早晨虽有人路过树下，但不是下地就是赶集，来去匆匆，怎么会有人去注意树下？埋金银的话出于何口，入于妻耳，若无人偷听，谁能知道？最初我无法断定是何人所为，但何杰说出大门虚掩，则可知十之八九是妇人的奸夫。因为何杰回来时奸夫必定仍然在其家中，藏在某个地方，所以听到何杰的话才先行一步去偷挖金银。但这只是推论，尚无确证，无法撇开失金的事不问而追查妇人奸情。后来想到何杰长期在外，奸夫必然久住其家，与小孩熟悉。我便利用这点来断案。如果不说是审树，耸人听闻，那个奸夫又怎么会上钩，来到县衙呢？"

曾虎等人深为折服。

# 杰人明察

清河镇有兄弟二人，哥哥杜大，弟弟杜二，早已分家而居，各自讨生活过日子。弟弟杜二爱好赌博，不多的财产很快被挥霍一空，生活陷入困顿之中。哥哥杜大出于手足之情，经常接济弟弟一家。哥哥杜大年已五十，只有一个儿子，娶刘家女儿为妻，夫妻和睦，家庭平安。

有一天，弟弟的妻子跑到哥哥家里借贷，正赶上哥哥的儿媳妇在厨房做晚饭，二人便低声说话。这时，哥哥的儿子从外边做事回来，喝了一口水，然后说："我太饿了，想吃饭了。"让妻子盛上饭后，便狼吞虎咽吃起来。

哪知，吃完不久，哥哥的儿子忽说腹痛难忍，倒在地上翻滚了一阵，七窍流血而死。他妻子大惊失色，不知丈夫怎么会突然死去，哭得不成样子，一时也没有了主意。

弟弟的妻子见状，立即大呼大叫起来："侄媳妇谋杀亲夫啦！侄媳妇谋杀亲夫啦！赶快报官吧！"

哥哥嫂嫂听了弟弟弟媳的话，叫人写了状纸，告到官府，弟媳也出面作证。

青阳县的前任知县把哥哥家的儿媳妇抓上公堂，严刑审问。哥哥家的儿媳受刑不过，便供为"因奸谋杀"，并胡乱指赵某为

"奸夫"。赵某本是她的表兄，一向拙于言谈，见了官害怕用刑，也胡乱招供了。

不久，新到的知县郭杰人看到这个案件，担心冤错，便向上呈报，申请复审。不久，上面批阅下来，同意复审。郭杰人反复阅读案卷。越是审读越是觉得可疑，便传来涉案的有关人员，分别讯问。

先讯问死者妻子当时的详细情况，她一一作答，并无异常情形。

又问死者父母："儿媳平素为人如何？"

死者父母答道："儿媳妇平日孝敬公婆，温柔和善，与丈夫从未有过争吵。"

郭杰人再问："儿媳与赵某有没有奸情？"

死者父母答说："从未发现他们往来，但不知内情如何。"

然后传来赵某，问："你是否通奸害命？"

赵某在堂上泣不成声，只是掩面而哭，并不说一言。经过郭杰人反复追问，赵某才说："我如果说没有通奸，就要受刑，如果说通奸了，那么离死期也就不远了。究竟怎么说才好呢？"

郭杰人让赵某退下，与死者妻子分别押回监牢。最后传来死者的叔叔婶婶。

先问死者的叔叔当时情况，死者的叔叔说："我当日不在现场，没有亲眼看到。"

死者的婶母则咬牙切齿地说："这是我当天亲眼看到的，绝没错误。我哥哥五十多岁了，只有一个儿子，现在被人谋害，成了绝户。不杀死那个淫妇，就不能惩罚她的罪行！"

说毕，其婶母痛哭流涕，号声如雷，被衙役引下堂去。

审讯完毕，郭杰人对曾虎及左右的人说："此案我已弄清十之六七了。明天再问一次就会案情大白。"

曾虎及众人都不解其意，摸不着头脑。

第二天，郭知县升堂，把所有与案件有关人员全部传来。

郭杰人说道："昨天夜里，死者托梦告诉我说，毒死他的人右手掌颜色会变青。"

他一边说一边用眼睛把众人看了一遍，接着说："死者还讲，毒杀他的人白眼珠要变黄。"

说完，郭杰人又详细打量众人，众人不明就里，心里一阵阵发毛。

忽然，郭杰人拍案一声大喝，然后指着弟弟的妻子说："杀人者就是你！"

那女人一愣，不禁惊慌失措，大喊冤枉，连声叫道："小淫妇毒杀了自己的男人，怎么凶手倒成了我呢？"

郭杰人笑道："你自己已经供认，还想狡赖吗？"

那女人辩解道："我承认什么了？"

郭杰人说："我说杀人者右手掌颜色会变青，别人都泰然自若，只有你急忙看自己的手，这是你自己供认了；我说杀人者白眼珠会变黄，别人都泰然自若，只有你丈夫急忙看你的眼睛，这是他替你供认了。你还狡辩什么！"

那女人脸色煞白，扑通一声跪下了，嘴里喃喃自语道："完了，完了，我招供。"

见到郭杰人已经识破其阴谋，弟弟的妻子迫不得已供出实情。原来，弟弟夫妇早就存心吞并哥哥的财产，每次去哥哥家都身带砒霜，伺机投毒，但一直未得手。那一天，那女人见死者之妻正在做饭，便乘谈话时偷偷往饭里放入砒霜，本想毒死哥哥全家，没想到死者喊饿，首当其祸。

起出死者尸体勘验，果然是砒霜中毒而死。案件审结，死者妻子及赵某被无罪释放，死者的婶母被斩首示众。

一大冤案，仅过了两堂，寥寥数语，便全部昭雪，事后众人都称赞郭杰人神机妙算，郭杰人摆手说道："不是神明，世上哪有什么神明，我只是按了四字诀来办理此案而已。"

众人问："什么四字诀？"

郭杰人轻描淡写地说："察言观色。"

# 杰人巧断

有一个孤独少年叫刘海，无依无靠，入赘到李家为婿。丈人因他懦弱无能，处处虐待他。他不堪忍受，便到一家官宦人家充当仆役，勤俭奉事，很得主人宠爱。几年之后，积攒了四百多两银子，便辞职回家与妻子团聚，准备置办产业，独立经营。

妻子看到丈夫满载而归，喜不自胜，便向父母炫耀。丈人知女婿手中有钱，顿生异心，一反常态，大设酒宴。女婿受宠若惊，开怀畅饮。

喝到半酣，丈人说："你的妻子年轻无知，你又要外出谋事，这么多银钱交她保管恐怕不妥，一旦丢失，悔之无及。不如我替你暂时保存。"

女婿刘海糊里糊涂地点头同意了，并当场点交清楚。

次日清晨，刘海酒醒，自悔昨夜行为草率，便找岳父讨要银两。

岳父眼睛一瞪，厉声说道："你一贫如洗，形同乞丐，邻里皆知。你哪里会有银钱放在我家，简直是一派梦话！你寄食我家，我替你养活妻子，你知恩不报，反倒凭空讹诈，这还行吗？"

女儿帮助女婿说理，岳父大怒说："生个女儿胳膊肘向外拐，跟爹妈都不一条心，留在家中有何益处？"于是把女儿女婿双双赶出家门。

刘氏夫妇含冤告官，县官说："你说你的银子被岳父吞没，证据何在？"

刘的妻子出面作证。

县官阴笑道："你父亲说生了女儿胳膊肘朝外，很有道理。妻子给丈夫作证，不能相信。"

接着县官把脸一横，对他们喝道："你们别再纠缠了，否则我就要追究你们不孝不义的罪责！"说着把二人赶出了县衙。

刘海悲愤难耐，听说邻县青阳县的县官郭杰人公正廉直，善于断案，到处传颂，被誉为智探，便前去诉冤。

郭杰人听完诉状后说："我很想帮助你们，可是你们不住在我的县内，不归我管的属地，此案我无能为力。"

刘说："听说您是一位青天老爷，我才来诉冤。您若不肯审理，我的冤屈就无法辩白了！"

说着痛哭流涕，哀求不已。

郭杰人笑道："你如果一定要让我审理此案，就要暂时坐牢，你愿意吗？"

刘海说："只要能审断明白，就是刀杖加身我也心甘情愿，何况仅是坐几天监牢呢！"

于是，郭杰人吩咐把他收禁在监，然后写了一封公文给刘海所在县的县官，内称："我县捕获大盗张三，供称劫得银钱四百余两，寄存在贵县某村窝主李林家中。希望即派人捕捉李林，搜取赃银，一并解来我县。"那县官接到文书，见是强盗重案，不敢怠慢就亲自前去抓捕李林，果然搜出四百两银子，火速派人押送邻县，交给郭杰人。

郭杰人把刘海面上涂墨，身穿囚衣，押在公堂一角，然后对李林说："此盗供说劫得银钱四百余两，寄存在你的家中，现在由你家中起获了赃银，数目一致，你是窝赃罪犯，依法要斩首示众。赶快招认吧，免得皮肉受苦！"

李林大呼冤枉，连忙分辩说："我家的四百两银子是女婿刘海所存，听他说是他给人当仆役时积攒来的，是否属实，您可拘捕刘海与张三对质。我实在冤枉，还要求您明察。"

郭杰人笑道："如果见到刘某，你恐怕又要耍赖了。"

李林说："与其冤枉被杀，不如表明心迹。您把刘海找来与张三对质，就会知道我确实不知劫盗内情，只要有一线生路，我哪里会要钱不要命呢？"

郭杰人说："真是如此的话，那么刘海无需再抓，就在你的面前。"

于是命令把刘海的枷锁取掉，脸面洗净，囚衣脱去。李林一见，羞愧交加，无地自容。郭杰人当堂把银钱交还刘海，并严厉申斥李林道："为了保全你们岳父和女婿之间的感情，我不再重重罚你，下堂去吧！"

刘海感激涕零，其岳父也从此悔过。

# 真假契据

青阳县有个地主匡诚，中年无子，为了传宗接代，收养了陈家一个孩子，改名匡学义。后来，匡诚自己有了亲儿子，取名匡学礼。他便给了学义八亩田地，让他仍回陈家。

匡学礼长大成家，娶妻李氏，生子匡胜时。不久，学礼一病不起，命在垂危。临终时他叫来学义，送给田地五亩，请学义帮助照顾家业。

学礼死后留下田地二百亩。其妻李氏在学义的帮助之下，苦心经营，恣意盘剥，十七年后又买地一百多亩。

有一天，一家田主前来赎取典卖的土地，恰巧学义不在，李氏便让儿子胜时翻查书契。只见契上写着田地是匡学义和李氏共同购买，大吃一惊。再查其余的买地契约，统统如此。李氏怒不可遏，质问学义。

学义理直气壮地说："田产本来就是二人共买，不但土地如此，就是地租也是平分，现有收租账册为证！"

李氏不服，跟学义大吵起来，只差动手了。二人翻脸后，将官司诉到县衙门。李氏说田地是她所有，被学义侵吞；学义称田地是二人共有，持之有据。几任县官都无法判断，拖延不决，且一拖便是数年之久。

案件落到新任知县郭杰人手中。他看过全部卷宗之后想道：学义帮李氏管理家业，买卖田地，李氏虽保管契据但不识字，契据不足凭信，但离开契据又没其他佐证，只有另想办法才能辨明曲直。

于是，他传来双方审讯，竟然当堂断为"土地共买"。李氏大惊，哭闹不休。郭知县把她赶出，并连声夸奖学义精明能干，善于理财。学义得意忘形，放弃了戒备。

接着，知县便随便地跟学义聊起了家常："有多少家产？"

学义答道："十三亩田地。"

问他："收入多少？"

回答说："每年收谷三十一石，可得米十六石。"

问他："家中有几口人？"

答说："有一妻二子三女，只有长子已十八岁，能够干活。"

郭杰人说："据你所说，交纳赋税之后只剩下十四五石米，一家六口吃饭尚且不够，还要买柴买菜，怎么能度日呢？"

学义说："妻子在家生活十分贫苦。"

郭杰人忽笑道："别人都说你有很多钱，这是为什么？"

学义叹了口气，皱着眉头道："自家的苦楚自家知呵！"

"啪"的一声，郭杰人变了脸色，拍案大怒，厉声说："那么，你和李氏买田的钱从何而来？你说家里贫穷没有剩余，买田的钱定是盗窃所得！"

说着，郭杰人立即叫来曾虎，让他赶紧去查查历年来还有哪些没有破的盗窃案。郭杰人大声呵斥，一副装腔作势的派头，表示要严厉审讯学义的盗窃罪行。

学义一听，吓得六神无主，连忙声辩道："我是安分守己的正派人，确实从没偷盗。买田都是李氏的钱，契据账目都是伪造的，只是准备李氏死后与她儿子争田争产，地租也未侵占一文。"

看学义供出了真情，郭杰人叫来李氏，宣布了伪契无效，假账销毁，物归原主，学义仍回陈家。当堂了结了这桩旷日持久的争产诉讼案。

# 杀人真凶

有一年，青阳县为新考中的秀才们庆贺，场面十分热闹，许多人前往观看。这时候，学宫附近站着一个少女，看到一位秀才少年英俊、风度翩翩，不由得心中爱慕，凝神注视，看得痴了，久久不能移步。

恰巧少女的这番心思被旁边的一个卖婆（代人买卖物品之妇女）看出来了，卖婆走到少女身边，在她耳边悄悄说道："这是我邻居家的儿子。你如果有意于他，我来做媒，成全你们的姻缘吧。"

少女默许了。

事后，卖婆找到秀才，转达了少女的爱慕之情，从中撮合，竟被秀才断然拒绝。

少女得知消息后，心情郁闷，神情恍惚，整日茶饭不思，丢了魂魄一般。哪知有一天晚上，秀才竟主动偷偷潜入少女闺房与其约会。少女大喜过望，自然投怀送抱，每晚迎送秀才，两人如胶似漆，夜夜相会不知不觉竟有月余，却无人知晓。

忽然，有一天少女家中来了客人，少女父母腾出自己住房招待客人休息，把女儿安置在另外的地方睡觉，老两口睡在女儿床上。

不料，半夜时分，有人潜入少女闺房，把少女父母的头颅砍掉而去，床上只留下两具血淋淋的尸身，惨不忍睹。

次日早上，案情发觉，邻居报到县衙。知县郭杰人率曾虎勘查现场，发现死者虽在家中被害，但东西并未短缺，房间里也没有翻动的迹象。再问少女及家人，都说家里没有丢失财物。那么，杀人害命究竟是什么原因呢？郭杰人站在房中，左思右想，都不得要领。当他看到房中挂着少女衣物时，灵机一动，便问道："这张床上原来是谁睡的？"

有人答道："是这家人的女儿。"

郭杰人恍然大悟，说："噢，我知道了。"

立刻令曾虎将少女拘押起来，上堂提审。

郭杰人开门见山地问道："老实供出你的奸夫是谁？免受皮肉之苦！"

少女羞愧难当，悔恨交加，立即说出了秀才姓名。郭杰人又命令曾虎逮来秀才审问。

秀才站在堂上，一脸茫然地说："卖婆说媒的事情确有，但我已一口回绝。我从来也没有去过她家，更谈不上因奸杀人了。"

郭杰人问道："你如何证明你不在现场？"

秀才说昨晚与本县三位秀才吟诗饮酒通宵达旦，并未分开，且三人均可作证。郭杰人叫曾虎传来三人，果然可以互证，秀才并无作案时间。

郭杰人又问少女："你说奸夫是秀才，他身上可有什么记号或者特征？"

少女说："他胳膊上有块瘢痕。"

县令查看秀才胳膊，却光光滑滑，没有痕迹。

郭杰人沉思片刻，忽然问道："卖婆有儿子吗？"

知道情况的人回答说有。他命令曾虎立即抓来，查看胳膊，果有明显瘢痕。

郭杰人手指卖婆儿子说："杀人凶犯肯定是你，若不招认，将受皮肉之苦。"

卖婆儿子只好供认了作案经过。

原来，卖婆有个儿子浪荡无行，知道此事之后，便在夜间假冒秀才去与少女幽会，少女未能分辨真伪，委身相许。那一夜，他又去找少女私会，进入房中在床上一摸，摸到两个人的脑袋，便以为少女另有奸夫，一时醋心大作，杀人砍头而去。

至此，案情大白，秀才获释。